U0036315

魔豆

魔豆

琉璃仙子

香草——著

02

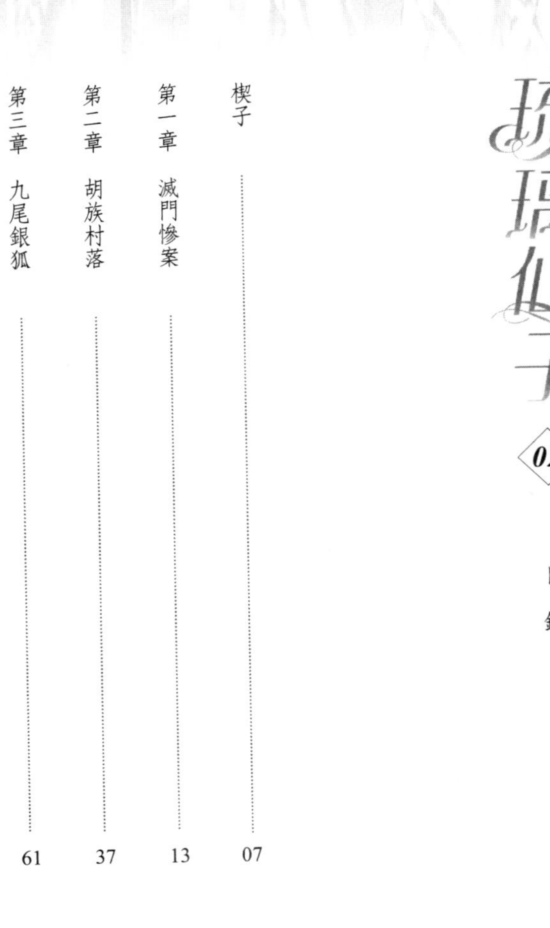

琉璃仙子 02

目錄

宋仁書
二十歲，花月國丞相。
文雅聰穎，但生活上有
些小迷糊，須人照料。
白銀
十七歲白家莊少主。
雖一副吊兒郎當的模樣，
卻意外地可靠。
琉璃
芳齡十五的俏皮少女。
個性開朗活潑、聰明細
心；身分是一團謎。

左煒天
二十四歲，左將軍。
豪邁且不拘小節，一身陽剛氣息。
祐正風
二十四歲，右將軍。
風度翩翩的儒將，溫和穩重。
姚詩雅
芳齡十六。
下任神子之一。
文雅婉約，讓人很想呵護。
葉天維
二十三歲。
性情冰冷，卻獨對詩雅非常溫柔。
琉璃仙子
人物介紹

楔子

傳說，天神派遣花月兒降臨凡間，爲黎民百姓袪除天災之苦，推翻佟氏暴政。最終花月兒被人民尊稱爲「落花仙子」，並將國家改名爲花月國，神子更被百姓們推舉爲花月國的國君。

然而有一些人有著別於宗教的其他意志，這些人信奉風、火、水、土等大自然的力量。即使天神派遣神子下凡施恩，但這些人仍舊不願意放棄他們原來的信仰。

他們並不信仰神，認爲人定勝天。這些人想要走的是修煉的大道，縱使這條道路荊棘滿途，成功者更是十不存一，可他們卻抱持寧可一拚的決心，也不想永遠只做個普通的凡人，躲藏在天神的羽翼下，庸庸碌碌地度過一生。

他們要與天爭！他們也敢於向天爭！

這些人離開了地表，在花月國的地底開拓出屬於他們的王國，那裡逐漸形成一個風俗與花月國完全不同的國度，被花月國的人民稱之爲「鬼之國」。

鬼之國的國土受地熱煎熬，在那裡生活的人們沒有神子的庇佑，遠古時期殘留下來的邪熱更是充斥著這片土地。他們長年累月受到邪熱入侵，身體逐漸出現了異常的變化。

他們的後代不畏火毒，還天生擁有鮮紅的雙瞳。久而久之，便被花月國的國民稱之爲「鬼族」。

生活的困難，形成了鬼族獨特的社會架構。他們崇尚武力，畢竟在如此貧瘠的地區，要是不夠強大的話，實在很難存活下來。

認爲拳頭大便是道理的鬼族，花月國奉行的禮法對他們來說完全不通用。後來當生活眞的變得太困難時，一些鬼族中的亡命之徒開始闖入花月國進行掠奪。久而久之，兩國開始交惡，零星的戰爭不斷。

對於花月國的人民來說，鬼族就如盤踞在他們家門前的惡狼，總會在人們鬆懈的瞬間咬破他們的咽喉！

凡人皆盼望長生不老，漫長的修煉之苦往往只為成仙得道。仙人的生活的確比凡人優渥太多，他們有著漫長的壽命、高強的法力、豐厚的資源、充滿靈氣的洞天福地……也難怪凡人為了成仙，願意豁出性命經歷九死一生的天劫了。

在仙界一處天地氣息最為濃烈的地方，聳立著一棵大樹。大樹的樹冠綻滿鮮花，陣陣清雅的花香隨著微風飄散。然而這開著花朵的大樹，枝椏上卻同時結著果實。果實晶瑩剔透彷如水晶球，自內發出幻奇的光芒。

這棵花與果實並存的大樹，正是天神的其中一個身外化身。樹上的每一顆果實皆是完整的小世界。天神藉著感悟小世界內各種生靈的喜怒哀樂，來修煉穩固其心境。

花月國，正是其中一顆長在七彩寶樹上的果實。

此刻，一名少女安坐在七彩寶樹的枝椏上，雙手捧著蘊含花月國這個小世界的果實看得入迷。少女銀綃飄飄，肌膚嬌嫩勝雪，身上有著一種說不出的清麗淡雅，可柔弱中卻又帶有一股神聖不可侵犯的氣質。

此女正是蓮花化身的落花仙子，花月兒。

此時，一名年輕男子緩步而至。青年長得玉樹臨風，丰神俊美，一身氣質更是貴不可言，渾身上下竟找不出絲毫缺點。每個看到這男子的人，心裡必定生出一種世間上只怕再找不到一個比他更完美的人的念頭。

這名俊美無雙的青年，正是七彩寶樹的主人，同時也是以一滴鮮血造就了花月兒的天神！

天神走到七彩寶樹下，仰頭朝落花仙子笑道：「月兒，妳又在關注花月國了嗎？」

「父神。」放開手中的果實，花月兒飄然而至。神子回到地面，規規矩矩地向天神行了一禮後，隨即笑道：「是的，這個花月國真的愈來愈有意思了。本應回天的神子與鬼王私奔，佟氏一族的餘孽也乘著混亂跑了出來。」

經由七彩寶樹生成的小世界何止千萬，可天神卻特別記得花月國，只因這個小世界在結果之時便是多災多難。

當年這枚果實將要成熟，正巧有隻三足金烏降落在七彩寶樹的枝椏上，結果炙熱的火焰精華便被果實吸收，造成了這個小世界元素紊亂。這正是這個世界起始之時，受黃沙與烈日肆虐之故。

然而任何事情總有正反兩面，花月國的生靈雖因狂暴的火元素而受盡苦難，可是卻因此獲得天神的庇護，神子的降臨讓整個小世界充斥著滿滿的靈氣。不說別的，光是在這小世界歷劫成仙的人，便比其他地方高出一倍！

天神慈愛地摸了摸花月兒的髮絲，打趣地詢問：「當初放過了佟氏一族的餘孽，這可是月兒妳的過失喔！」

「如果不是父神允許鬼族的存在，又怎會發生神子被鬼王拐走的事情？要知道我一直很期待有新妹妹的，現在卻要再等等了。」花月兒漾起一個俏皮的微笑，眞如青蓮般清雅脫俗、惹人愛憐。

雖然二人並沒有明說，可是從對方的眼神中，他們便知道無論是鬼族還是佟氏

餘孽，都是被故意留下來的！

兩人一直默默注視著花月國的動向，不管是花月國與鬼族的戰爭，還是新任神子與佟氏一族的較量，這些影響萬民的大事落在天神與落花仙子的眼中，彷如兩個孩子在玩著拔河等的小遊戲。

不是輕視，而是滿滿的寵溺與期盼，就像放任孩子去接受挑戰的父母。他們希望這個不懂事的孩子能夠從這些「小遊戲」中學習、吸取教訓，從而茁壯成長。

滾滾紅塵，凡間各種各樣的挫折與挑戰，看在天神的眼裡，何嘗不是一場場穩固心境的修煉？

第一章　滅門慘案

月色下，剛從泥土中起出來的屍首安靜地躺臥在地上。

在這冷清的庭院中給人一種毛骨悚然的感覺。

自從有了葉天維與白銀這兩名高手加入後，神子一行人的安全度便有了飛躍性的提升。

宋仁書不禁感慨，對他這個文弱書生來說，眼前這種有馬車坐、高手雲集的狀況真是太幸福了。回想初始的旅程實在苦不堪言，不單騎馬騎得屁股快要沒知覺，還要一路上擔心在殺手的追殺下小命不保。

現在託姚家姊妹的福，騎馬騎得累時可以上馬車休息一下。美中不足的是，拚命向他大獻殷勤的姚紫雅實在過於煩人。

遇上刺客時，宋仁書他們每每還來不及驚呼，對方便被同伴打飛到天邊去。左右將軍倒還好，敵方來一人便殺一個，來二人便宰一雙，很乾脆俐落的正常打法。可琉璃與白銀卻根本就是故意放水，利用刺客來練手，總是很惡劣地把對手纏鬥至筋疲力竭後，便把人廢掉武功丟給當地衙門。

至於葉天維……呃……只能說被他挑上的刺客根本是流年不利吧，基本上對上他的刺客，沒有一個最終能保留全屍的。

結果不足兩天，便再也沒有刺客上門了……

沐平鎮與清林市的距離不遠，才數天，神子一行人便來到了這個姚樂雅聲稱她娘親被土匪殺害的城鎮。

「抱歉，我想先到二娘出事的地點看看，各位請先到客棧休息，我隨後便來。」當到達清林市後，姚詩雅便迫不及待地要往當年的事發現場察看。當然，眾人絕不會讓神子單獨行動，都主動要求跟著過去——除了姚紫雅。

「那只是姚樂雅那個小瘋子的謊言，有什麼好看的？我很累了！我要休息！」對從小錦衣玉食的姚紫雅來說，這旅程實在是活受罪。她的耐心已經消磨殆盡，沒心情也沒力氣繼續假裝溫柔賢淑了。加上旅途中多天無法好好梳妝打扮，這更是讓她的脾氣變得益發暴躁，此刻姚詩雅害她沒得休息，姚紫雅終於忍不住爆發了。

「那妳先到客棧吧！反正也沒有人希望妳跟來。」面對抓狂的姚紫雅，葉天維不留情面的話無疑是火上加油。

「那兒有什麼好看!?即使姚樂雅說的話是眞的，也只不過是名賤婢死掉的地方……」姚紫雅尖銳地反駁。

即使是素來溫婉的姚詩雅，聞言也不禁大怒。然而神子還未來得及做出反應，一個人影卻比她快了一步來到姚紫雅面前，只見對方輕輕一揚手，因姚紫雅吵鬧的聲音而變得鬧哄哄的環境倏地變得靜了下來。

「我點了她的啞穴。」琉璃放下手，若無其事地說道。

姚紫雅拚命地破口大罵卻無法發出聲音，忿然對著琉璃比手畫腳，活像名瘋婦，看得白銀哈哈大笑。

跺了跺腳，姚紫雅以充滿憎恨與憤怒的目光瞪視了琉璃一眼後，便忿然轉身，大步踏上離開城鎭的路。

「姊！」姚詩雅想要追上，卻被葉天維拉住了手。看到眾人一臉不贊同的視線，神子垂下頭輕輕地道：「她終究是我的姊姊。」

「那麼她可有把妳視爲姊妹?」葉天維的話總是冷酷又不留情面，可卻往往是眞實的。即使是面對戀人時也是一樣，他愛她、寵她，卻不嬌縱她。

祐正風也安撫道：「其實如此一來，對令姊也未嘗不是一件好事。跟著我們既辛苦又危險，犯不著讓她陪著我們涉險。」

看姚詩雅依舊猶疑不決，宋仁書聰明地加上了一句，道：「我會跟這裡的衙門打個招呼，讓他們派人追上去，一直護衛姚紫雅姑娘至她返抵姚府爲止。」

琉璃也適時說道：「不用理她沒關係，那穴道過一會兒便會自動解開的。」

姚詩雅想了想，這才勉強地點了點頭。

少了姚紫雅這個大麻煩，眾人都暗自鬆了口氣。到當地衙門交代了事情後，神子一行人順著白家莊調查得來的地圖路線，很快便來到城鎮的一個僻靜處。

這裡是清林市的邊緣位置，旁邊便是通往另一座城鎮的山道。山林裡除了傳來鳥語與蟲鳴外，還有潺潺的流水聲，顯是不遠處有條大型河流。環境正符合姚樂雅當年的說詞，據她的描述，正是因爲跳進一條河流裡才能逃過土匪的追殺。

姚詩雅一直擔憂所看到的會是一片荒野，只因她從不指望自己的娘親會派人替二娘立墓安葬。要是這裡什麼也沒有留下，那便只有兩個可能——一是逸堡主的法術有誤，姚樂雅最終並沒有活下來；二是當年姚樂雅真的在說謊！

然而很快地，眼前所見便證明了姚詩雅只是在杞人憂天。在姚二夫人遇害的地點，正聳立著一座設計古雅的墳墓。

墓碑上只有二娘的名字，並沒有落款者的名稱，可是姚詩雅不用猜也知道這座墓碑是由誰所建造。雪白的大理石上雕刻著清雅的山茶，這是二娘最喜愛的花。她總是說這種耐寒的花朵生命力強韌，美而不嬌……

於墓前跪下，姚詩雅喚了聲「二娘」以後，便一言不發地跪著默默垂淚。隨即高傲的葉天維竟也在少女的身旁跪下，並向墓碑磕了三個響頭。

良久，葉天維站起來並朝戀人伸出了手。姚詩雅卻搖搖頭，逕自拭乾淚痕，然後堅強地站起來。

眾人見狀，不禁對姚詩雅肅然起敬。在少女纖弱的外表下，卻蘊藏就連男子也自愧不如堅韌的心。

「既然已看過了事發現場，我們接著再到衛府察看吧！」穩重的祐正風已儼如這群人的首領，他並沒有出言安慰姚詩雅，因為他知道神子想要的不是這些。

姚詩雅現在想要的，是那名叫作姚樂雅的姑娘——她的親人、她摯愛妹妹的下落！

□

姚紫雅忿然出走，怒沖沖地橫衝直撞了好一會兒，便開始不安起來。

為什麼詩雅那個白痴還沒有追上來？

在內心咒罵了幾聲，心想這個妹妹眞是既遲鈍又不機伶，難怪總得不到母親的歡心。

於是她稍微放慢了離開的腳步，等待神子一行人追上來，同時腦中設想了無數羞辱他們的方法。然而等啊等，卻遲遲等不到要等的人，反而來了幾名衙門的差役，說是來護送她回姚府！

姚紫雅不得不承認，她被拋棄了。

怒不可遏的她放不下顏面跑回去，只得隨同這些差役離開清林市。在這盛怒的時候，竟被她看到一個熟悉的身影。

那名在白家莊中自稱姓王的公子！

姚紫雅很清楚琉璃他們的推測是正確的，這名王公子當日的發言確實如他們所猜想般並不存好心。只因在白家莊時，姚紫雅曾一度失去了蹤影，那時她正是與王公子處在一起，對方向她說了不少機密的事情。

那時，這名氣質獨特且神祕的俊美男子向她提出一個誘人的建議。當時姚紫雅既沒有答允也沒有拒絕，模稜兩可地回覆對方她會好好考慮。

王公子也沒有爲難她，並且輕易地便讓她離開，彷彿早就算準姚紫雅不會把他的計畫告訴神子一行人，更有信心女子與他的結盟是早晚的事。

對方的提議確實很誘人，只是事關重大，本來姚紫雅還想好好考慮一下，可是此刻她正氣在心頭，王公子的出現又如此適時，簡直就像是早已預想到她會脫隊似地，在她最無助也最憤恨姚詩雅等人之時現身。

快步走到微笑著的男子身前，姚紫雅漠然說道：「王公子，關於先前所說的事情……」

「噓。」女子的話還未說完，對方便伸出食指輕點在她那艷紅的唇上。這種過於親密的舉動，出自這名擁有獨特魅力的王公子之手並不會令人感到生氣，反讓姚紫雅羞得滿臉通紅。

對於積極想要高攀、經常參加名門聚會的姚紫雅，什麼樣的青年才俊沒見過，可就連她也受不了對方的誘惑，心情彷如初戀的少女般，隨著王公子的一個動作而起伏不定。

幾名衙門的差役看到二人親暱曖昧的姿勢，都不期然浮現出瞭然的微笑。皆想著眼前這雙男女，男的俊美女的艷麗，實是郎才女貌、天造地設的一對。

「我想姚姑娘妳誤會了。自從白家莊一別，在下實在是對姚姑娘一直未能忘懷、思念難耐，這才大膽前來，並不是出於什麼其他目的。姚姑娘這是要回姚府嗎？我們正好同路，如果姚姑娘妳不介意的話，請允許在下同行，一路上也可互相照應。」

在王公子的凝視下，姚紫雅不由自主地陷進男子那雙彷彿帶有魔力的眼眸裡，腦袋瞬間變得空白，只是著魔似地呆呆點了點頭，溫順地允許對方隨行。

陰暗的角落，某個人影把一切盡數看在眼裡。那是名身穿淡黃衣裙、有著清麗溫潤的瓜子臉、膚色勝雪的少婦。

只見女子臉上浮現起婉約的笑容，說話語氣甜膩，彷如情人的耳語。「威力依舊很強大呢……這雙早就隨著時光的流逝而被人們所遺忘、王之一族特有的功法祕術──『魔瞳』。那麼，我也該幹活了。」

說罷，女子再度隱身於黑暗的陰影中，舉起軟若無骨的雙手摀住了臉龐。只是短短數秒，當那雙雪白的手移開以後，女子的臉竟從充滿成熟風韻的少婦臉龐，變成了只有十五、六歲的少女面孔。眉宇間依稀可見她先前容顏的影子，可卻又彷彿

混雜了一些其他特徵。

現在即使是逸堡主親臨，只怕也無法把此刻的少女，與他的獨生女——逸嫣然聯想在一起了。

□

衛家在清林市中，竟是出乎神子等人意料地深得民心。那些聳立在鎭中的學堂及醫館，全都是由當年那名做僞證的護衛——也就是已經身故的衛秋明所出資開辦的。不單如此，衛家每年更辦了不少如義診、送米等善舉。

因此，清林市的人民都對這名衛老爺敬若神明，說到衛家的滅門慘劇，民眾們無不恨得咬牙切齒，爲衛家的遭遇悲慟不已。

「這名衛老爺與我想像中有頗大出入，本以爲會是個性子很糟糕的暴發戶。」

對於這個當年十之八九是在說謊誣陷姚樂雅母女的護衛，左煒天直言不諱說出自己的想法。

還好自衛家滅門後，這條直通衛府的道路便鮮少有人往來。不然以當地居民對衛家的崇拜程度，即使下一秒左煒天被民眾圍毆，也不令人意外。

「我也是，沒想到對方竟是名大善人。」宋仁書很難得與左將軍有相同意見。

「那只有兩種可能性。」白銀依舊用著一副吊兒郎當的模樣說話，悠然地笑了笑道：「對方有著悲天憫人的好心腸，又或者……他想以這些舉動，來減輕內心的某種罪疚感。」

葉天維的話往往不多，可是總能直奔重點，他道：「無論如何，衛家在那次事件後一夜致富卻是事實。」

姚詩雅默然點了點頭，從她一直愁眉不展便可看出，少女幾乎已確定二娘的死是姚夫人所下的黑手。而一向多話的琉璃則是異常地沒加入話題，也不知道她在想些什麼。

清林市雖然只是座小城鎮，然而姚樂雅娘親遇害的地點與衛府距離不算短，當眾人來到衛府時，天都已經黑了。

衛家大宅依舊宏偉壯觀，可從中看出衛家曾經的顯赫。然而失卻主人的宅第卻顯得陰森冷清，於月色中倒真有幾分讓人心驚的恐怖感。

發生滅門慘案的地方，居民們大都避之則吉，不會多加理會。然而看衛家除了庭園因沒人打理而雜草叢生以外，竟是看不見絲毫血跡及髒亂。屍首全都被人好好安葬，一座座新建的墳墓就安立於廣闊的庭院中，這也可以看出衛家在清林市到底有多受人民敬仰。

看到這些建成不久的墳墓，眾人先朝墓碑的方向雙手合十地拜了拜，這才分散開來，各自搜尋線索。

宅第被清理得乾淨整潔的最大壞處，就是很多事件當時的痕跡都被居民們一併處理了。不要說是屍體，就連血跡也被清洗得乾乾淨淨的狀況下，要從中找出有用的線索實在非常困難。若不是地板及牆壁上留下的劍痕能看出打鬥痕跡，他們還真有點懷疑，此刻所在的府第是否是曾受到血洗的衛府。

眾人再度集合時，俱是沒有絲毫發現的可悲狀況。沉默良久，葉天維指了指庭園裡的墳墓，說出了令人驚愕的提議，道：「起棺吧！」

忽然一陣強風颳起，葉天維敏捷地閃過被陰風迎面吹來的枯枝。

「……」

最先做出反應的是宋仁書，只見青年以令人驚歎的速度衝至那黑壓壓的墓碑面前，顫抖著拜道：「衛秋明，小人絕沒有任何不敬之心。請你冤有頭債有主，有什麼事情的話直接找葉兄便好。」

「……」眾人再度無言。

隨即左煒天走到了宋仁書的身旁，卻不是與同伴一起拜下去，而是大剌剌地用手拍了拍身前的石碑，道：「別鬧了！只是風大而已吧。」

左煒天這種大不敬的舉動嚇得本就懼怕的宋仁書差點尖叫，慌忙上前便要把對方拉開。

只是憑著宋仁書的力氣，又怎能撼動左煒天半分？最終受不了二人在人家墳墓前拉拉扯扯，祐正風上前打圓場道：「我贊同葉兄的提議。三弟，我想，對於起棺之事，衛秋明要是在天有靈的話也會明白。何況若冤魂眞的要報仇，那也是找凶手索命，而不是我們。」

琉璃也贊同葉天維開棺的提議：「我們得到的線索太少了，開棺的話，最起碼能從屍體的傷痕大致推斷出衛家眾人的死因，以及凶手所使的武功特性。這對於了解事件，以及防範敵人方面，會有很大的幫助。」

眼看同行的人都表達了支持葉天維的想法，最終宋仁書淚汪汪地把視線轉至神子身上，希望身爲最高決策人的姚詩雅能有不同的決定。

其實對姚詩雅來說，葉天維的提議實在是難以接受。可是想到這也許是唯一能獲得線索的機會，神子硬是壓下噁心及恐懼，有點抱歉地看了看宋仁書後，小聲說道：「雖然死者已入土爲安，起棺的行徑確實不敬。可是我想大家的舉動是爲了尋找衛家遇害的眞相，衛府的眾位應該不會怪罪的。」

獲得神子的同意，一行人便在這月黑風高的晚上，上演一幕深夜挖墳的戲碼。

眾人早已做好心理準備，預想過挖掘出來的屍骸會有多噁心，屍臭味會有多濃重。然而預想是一回事，現實卻又是另一回事。當他們把第一具屍首——也就是衛家的主人衛秋明挖掘出來時，所有人全都呆住了，看著屍身震驚得久久無法言語。

「……這到底是怎麼回事？」良久，宋仁書擠出了這麼一句話。

衛秋明的屍體看起來就像是剛剛才死掉般「新鮮」。除了膚色異常蒼白、身體僵直冰冷，以及頸上深可見骨的傷口可看出他是死者外，那副雙目緊閉的模樣看起來簡直與沉睡無異。

琉璃把手中的油燈移近屍骸細看了一會兒，便指了指屍身的衣領道：「屍體的致命傷在脖頸，當時的出血量必定很大。可是衣服上卻只有衣領的位置沾染上少許血跡。」

「最奇怪的是，屍體不但沒有屍臭味，就連蛆蟲也沒看見。」左煒天把屍身扶起，察看了下補充道：「甚至沒有浮現屍斑。」

「呃……也就是說，衛秋明死時傷口的出血量很少？可是那麼深的傷口……這怎麼可能！」一直不敢直視挖掘出來的屍體，姚詩雅站在稍遠的位置，因同伴們觀察後所得出的結論訝異不已。

「會不會是把屍體下葬的人，事先幫衛秋明換過衣服了？」宋仁書提出一個可能性。

然而隨著被挖掘出來的屍體愈來愈多，這個可能性便變得愈來愈小。

最終左煒天甩了甩沾在頭髮上的泥土，沒好氣地說道：「單是衛秋明的屍體還說得過去，然而我想居民們也沒那麼閒，會替這兒百多具屍骸全部換上新衣才安葬吧？」

月色下，剛從泥土中起出來的屍首安靜地躺臥在地上。與衛秋明的屍體一般詭異的狀況，在這冷清的庭院中給人一種毛骨悚然的感覺。

「我想……這會不會是毒？」少女清脆的嗓音響起，打破了鴉雀無聲的死寂。

見琉璃率先打開話匣子，眾人皆鬆了口氣。

「小琉璃妳的意思是，這些屍體的異狀並不是什麼靈異事件，也不是鬼魂作祟……」不理會宋仁書在身後那聲「妳別說得那麼直接！『那些東西』是不能隨便直呼其名！」的抗議，白銀逕自續道：「而是因爲這些人在被殺以前，早就已經身中劇毒？」

點了點頭，琉璃眨動著一雙靈動的大眼睛，問：「大家難道不覺得這地方很奇怪嗎？」

左煒天用著陰森的語氣發言，話裡的內容明顯是故意的，道：「是很奇怪沒錯啊！總是感覺到陰風陣陣呢！因爲這裡正是所謂的陰宅嘛！」

「我聽不到、我聽不到！」宋仁書自暴自棄地摀住耳朵，把「自欺欺人」四字貫徹到底。

「陰風陣陣只是因爲晚上風大而已。」有點責怪地瞪了瞪故意添亂的左煒天，祐正風早已察覺到這間大宅的詭異之處，他道：「我猜，琉璃姑娘想說的是這兒實在太安靜了吧？」

嚴寒的北方也罷了，可是他們此刻身處的是溫暖的東方，然而自踏進衛府的範圍後，夜蟲的鳴叫聲便忽然靜止，整間大宅寂靜得詭異。

「不單是這些起棺出來的屍體，我發現到草叢裡有一隻田鼠的屍體也很怪異。屍體既沒有被毒蛇猛禽吃掉，也沒有自然腐爛，連蛆蟲也沒有。」白銀也說出了他的觀察結果。

「有些劇毒會把屍體保存至千年不腐，因此我猜測衛家或許是先被人下毒，繼而再被人滅門。」琉璃垂首看了看滿地起出來的屍骸，肅穆地道：「這些人被殺時，傷口並沒有大量出血，這通常是身中劇毒的徵兆。這種毒的毒性不單會讓屍體無法腐化，就連埋屍的土地也會受到污染。動物的感覺很敏銳，因此生物在本能下都不敢靠近這個地方。」

「可是……凶手為什麼要這麼做呢？」陰森的環境讓姚詩雅不自覺地往葉天維的位置靠過去，神子秀麗的臉上滿是不解，道：「既然都下毒了，爲什麼還要花費氣力把衛府全家滅門呢？」

「爲了能萬無一失，又或者下毒的人與滅門的是不同人馬。」琉璃猜測道。

「又或是凶手對衛家的怨恨太深。待對方中毒已深，確保萬無一失後便親自下手，以消他心頭之恨。」葉天維冷冷地補充。

「或者，對方先前所下的是慢性毒，本打算造成傳染病之類的假象，在不知不覺間將衛家滅門。但後來知悉我們在追查事件，爲了怕我們從衛秋明口中獲得某些眞相，只好先一步把衛府滅門。」祐正風說出了另一個假設。

「你們覺不覺得……有某人的背景很符合這些猜測條件？」最後，宋仁書忍不住無奈地嘆了口氣。

對衛家怨恨至極的人。

想隱藏行蹤、不希望被神子一行人找到的人。

……姚樂雅！

低頭看著滿地的屍骸，姚詩雅默然了。

那個總是笑得甜甜的、小時候以笨拙步伐緊跟自己身後的小妹，在自己不知道的時候，竟變得如此心狠手辣了嗎？

在自己於姚家悠閒地過著千金小姐的生活時，那名個子小小的孩子，是不是正用盡所有方法想要存活下去，好替二娘報仇？

這個彷如地獄般的景象，是那個心地善良的孩子一手造成的嗎？

現在被滅門的是衛府，那麼，報應什麼時候會輪到身爲罪魁禍首的姚家頭上？

就在姚詩雅胡思亂想之際，琉璃那帶笑的嗓音響起。有點俏皮跳脫，又彷彿想爲心情低落的同伴打氣似地充滿精神。只見少女指了指滿地的屍首笑道：「想不明白的事情就暫時別想了，現在先處理好眼前的事情吧！」

一句話下來，所有男丁的臉色頓時變得蒼白，甚至還隱隱發青。

「不！小琉璃妳就饒了我吧！」本就一副痞子相的白家莊少主很乾脆地拋棄自尊，向少女求起饒來道：「會死的！把這些東西埋回去以後，我絕對會累死的！」

有了白銀開頭，不滿的音浪立即接踵而來。

「我不要。」葉天維的回答最簡單直接。

「剛剛才把百多具屍首起棺，妳也讓我們休息一下吧！明天繼續好了。」左煒天很不客氣地向琉璃直翻眼。

「所謂『有心無力』正是在下此刻的寫照，現在我手腳痠軟得連站起來的氣力也沒有，更遑論再次勞動體力。」頭腦派的宋仁書並沒有誇大其詞，至今他那雙拿鏟子的手仍在顫抖著呢！

「既然這些屍體不會腐化……那麼我想即使晚點再把他們安葬回去也沒關係吧？」祐正風說服自己的同時，也努力想要說服琉璃。

「琉璃姑娘，也許……」不在勞動名單上的姚詩雅，也不禁替這群苦命的男子求起情來。

「並不是我故意要留難大家，只是明天若有居民來衛府拜祭怎麼辦？」面對眾人的抗議，少女只是聳了聳肩，以無所謂的語氣反問了一句。

於是一眾男子只好垂頭喪氣地以極其緩慢的速度，開始手上的埋屍工作……

第二章　胡族村落

這片冰雪之地的時間就像被凝固了似地，既美麗又神祕，同時卻又危險萬分。

雖然少女的要求有點殘忍沒錯，但事實證明琉璃的顧忌不無道理。結果還眞的讓她說中，太陽才剛升起不久，便已有居民帶著元寶蠟燭前來衛府拜祭。

一夜之間替百多具屍體起棺，再將其埋回去，即使葉天維他們有著深厚的武功底子也深感吃不消。至於宋仁書則是早已累癱在地，成爲地上眾多「屍首」的其中一員。

勉勉強強把所有屍骨安葬好，拜祭的人便來了，眾人只好慌忙往草叢裡躲，還差點遺忘了依舊躺在地上客串屍體的宋才子。

雖然屍體已全數安葬完畢，可是泥土翻動過的痕跡仍在。看過這些活像曾屍變般的痕跡，衛府鬧鬼的謠言很快便傳得路人皆知，更間接提攜了道觀與佛寺的生意，不過這些都是後話了。

到達客棧後，眾人總算能洗去一身污泥，順道小睡片刻。當所有人再度聚首一堂時，不知不覺已到了午飯時間。

「衛府被滅門，另一名同樣住在清林市的證人早已無故失蹤，只怕他也凶多吉少……也就是說線索已經斷掉了嗎？」依舊全身痠痛無力的宋仁書嘆了口氣，他們最初的目的只是想要迎回新任神子而已，爲什麼會生出如此多的枝節……

早知如此，他就不跟著來衛府了。身爲一國丞相，竟偷入別人的大宅裡起棺再埋屍，絕對是前無古人後無來者。偏偏琉璃那個小姑娘又完全不在乎眾人顯赫的身分，理直氣壯地驅使他們。

青年自怨自艾的同時，在旁的琉璃竟忽然掩嘴一笑，道：「就是因爲把你們當朋友，我才給你氣受。宋兄你從小得紫霞仙子收養，身分尊貴，奉承你的人身邊隨便一抓便有一大堆，也就不差我這一個。」

宋仁書想不到琉璃竟會說出這番話，頓時百感交集，像個傻子般看著少女呆呆發怔。

白銀與琉璃相識最久，見狀立即裝模作樣地搖頭道：「就連丞相的面子也不賣，我想這個世上也沒有什麼是小琉璃畏懼的東西吧？」

「有啊！」眨了眨靈動的大眼，琉璃立即舉例：「例如師父，還有師伯。」

少女的回答令人意外，眾人愣了愣後，視線不期然地往葉天維的身上看去，竟發現青年在聽到自家師姊的發言時，高傲的臉上也呈現出一絲僵硬的神色。

首次看到葉天維露出這種表情，即使明知琉璃不會說，但宋仁書還是禁不住再次詢問：「琉璃姑娘，令師到底是誰？」

他眞的好奇死了！

咬著筷子頭，少女的動作依舊輕鬆又隨便。「不就是你們都認識的人嗎？」

「咦？！！！」

少女的答案讓宋仁書驚訝得瞪大雙目，脫口便問：「我們認識的人？是誰？」

琉璃卻只是笑笑不語。

相較於談笑風生的同伴，兩名將軍卻是肅然地對望了一眼，皆從對方眼中看到強烈的警戒。在沐平鎮看到琉璃出手時，他們便已覺得少女的劍法很熟悉，直至葉天維出現，二人才發現他的劍法與琉璃一樣，彷彿帶有鬼王的影子。

再搭上剛剛少女的話，他們所認識的人之中，能夠讓琉璃與葉天維如此敬畏的人根本不多，而鬼王卻正是其一！

不過，他們並沒有把這個猜測說出來，畢竟琉璃曾多次救他們性命，葉天維又是姚詩雅的戀人，這對師姊弟的爲人他們還是很放心的。

而從另一個角度來看，把潛藏的危險留在身邊時刻注意著，總好過讓它處於他們察覺不到的地方。

至於鬼王……他們從沒有忘記這人趁他們不在，出手擄走了紫霞仙子。這筆帳在解決了新任神子的事情以後，他們總會找鬼王算清楚的！

現在，事情的旁枝末節已經夠多了，也無謂再引出什麼不必要的麻煩。

白銀的反應與兩名將軍一樣，露出了一臉若有所思的神情，沒有多說什麼。

但這位白家少莊主的猜測，卻與兩名將軍不盡相同，甚至可說是截然相反！

白銀並沒有忘記曾與琉璃的約定——每年供應少女固定分量的火琉璃。那時候琉璃告訴他，她的師父之所以爲她取這個名字，便是喜歡「琉璃」的流光溢彩與夢幻瑰麗。

因此少女每年都會要求白家莊幫忙，把保留給她的火琉璃打造成飾物，作爲送給師父的壽禮。對於琉璃口中「師父」的身分，白銀便順理成章地以對方是女性來思考。

最終他所猜想的人，是與鬼王截然不同，可身分卻同樣尊貴無比的大人物。

就在眾人皆各懷心思之際，琉璃再度甜甜地笑著發言：「這次的衛家之行，其實也不是全無收穫喔！」

所有人中，對失去線索一事最感失落的姚詩雅頓時抬起了頭。琉璃朝對方安撫地笑了笑，隨即解釋：「我發現那些屍體上不單有刀傷、有劇毒，甚至還帶有一種早已失傳、只在史書中記載過的蠱毒！」

聽到「蠱毒」二字，眾人立即想起那些從赤霜丸孵化出來的醜陋蠱蟲，不約而同地面色發白了起來。

「老實說，蠱毒大多用於操控人心上，以此作爲殺人手段並不常見。凶手顯是精於此道的人，並且擁有大量『貨源』。自從佟氏一族沒落後，蠱毒便受到巨大的打擊，可現在短期間卻出現了兩種致命蠱毒，我不認爲這是偶然。」

琉璃說了這麼久，眾人也漸漸聽出少女話裡的弦外之音。「妳想說的是……事情可能涉及那頭封印在神山裡的蠱獸？妳認爲這些都是佟氏一族所爲？」

琉璃沒有承認卻也沒有否認，只是輕聲笑道：「那位神祕的公子，不是自稱姓『王』嗎？『王者』的『王』！」

佟氏一族正是落花仙子降臨凡間以前人界的統治者。他們擅用蠱毒，生性貪婪而殘忍。當年落花仙子劃分出晝夜、解決了人間炙熱乾旱的問題後，之所以沒有返回天界，選擇繼續留守在人間的主要原因，便是爲了從佟氏一族的手中解放受到高壓統治的人民。

然而佟氏一族的瘋狂及對權力的執著，卻大大超出了她的預期。他們爲了對抗落花仙子，竟然以禁咒犧牲數萬人命，以此煉製出天地間至陰至毒的蠱獸！

相傳蠱獸誕生之時長相極其醜陋，所有目擊牠容貌的人類，包括製造牠的佟氏一族皆瞬間斃命！

這個強悍而蠻橫的佟氏一族，竟覆滅於自己逆天而製的蠱獸手上！

當年在場之人，就只有落花仙子不受蠱獸影響。因爲在身具神之血脈的她眼中，蠱獸身上被各種扭曲的殺意與惡念依附著，讓她無法看清這混合世間至毒醜陋蠱獸的眞容。

倖免於難的落花仙子以神力將蠱獸冰封於北方極地的冰峰絕嶺上。

這就是流傳於後世的神話，同時也是記載於史冊上的史實。聽說初代神子曾派人查探佟氏是否有遺孤留下，可惜最終無功而回。因此眾人皆認爲先代王族早已被自身的貪婪滅絕，完全消失於歷史的洪流裡。

政權轉移，時光飛逝，沒落的王族與蠱獸從此只流傳於神話之中。過去曾有人打過蠱獸的主意，他們經歷了無數險阻來到北方極地，但觸目所及卻只有宏偉壯觀的冰川與漫天飛雪。想要再往裡走，皆落得被落花仙子留下來的護山神獸驅逐離開的下場。

若佟氏一族眞的還有後人，那麼以他們對權力的渴望，確實大有可能想要奪回統治花月國的政權。何況他們一族擅於用蠱，還能驅使就連神力也無法消滅、只能封印於北方的蠱獸！

「嗯……雖然道理上說得通，但不是很奇怪嗎？既然佟氏一族仍留有血脈，那爲什麼他們要等到現在才動手？」白銀想了想問道。

對於少年的疑惑，宋仁書的心裡卻早已有答案：「他們在等待機會。」

見同伴們仍舊一臉莫名其妙的神情，宋仁書解釋道：「雖然落花仙子無法消滅蠱獸，但好歹也以神力將其封印起來。佟氏一族是很強大沒錯，然而他們終究只是凡人，單憑人力又如何破解神子所下的封印？」

左煒天恍然大悟，道：「因爲忌憚神子的力量，他們一直隱姓埋名，到了這一代紫霞仙子回天、神力交接出了亂子的時刻，佟氏的後人認爲有機可乘了，這才重現江湖嗎？」

經過多年，佟氏一族找到解除封印的方法並不足爲奇；而現在新任神子的力量被一分爲二，再也沒有比這更適合發動叛亂的時機了。

葉天維詢問三名來自碧華殿的同伴：「身爲朝中要員，你們曾看過那頭傳說中的蠱獸嗎？」

祐正風也不隱瞞，直言無諱地道：「有的，我們曾與紫霞仙子到過北方極地。除了初代的落花仙子花月兒外，其他神子在獲得神力以前皆爲凡俗肉身，神力經過數代主人，早已沾染上人氣，變得不再超然，無法用來加固北方的封印。」

「據紫霞仙子所言，對於冰封在寒冰中的蠱獸，她只能看到一個模糊的影子。至於我們這幾個凡人……」說到這兒，青年有點苦惱地皺起了眉，思索著較爲恰當的形容：「所看到的東西都不盡相同。」

宋仁書接下了祐正風的話：「透過寒冰，我看到的是一頭相貌奇異的黑色野獸；大哥看到的是個長著雪白長毛的巨人；而二哥看到的卻是名醜陋的男子。據紫霞仙子的解釋，這是由於蠱獸是從黑暗與鮮血而生的扭曲生物，本就沒有固定形態的緣故。」

「如果……把衛府滅門的人眞的是小妹，難道她竟與蠱獸有什麼關聯嗎？」相較於佟氏一族的情報，姚詩雅最關心的終究是親妹妹的去向。

「並不能排除這個可能性。又或者是我們猜錯了，姚家三小姐並不涉及在命案之中。但無論如何，以衛家所中的蠱毒看來，我們的確只能往佟氏一族這個方向猜測了。」

「要去證實一下嗎？」琉璃提議道：「只要到北方看看那頭蠱獸是否仍封印在寒冰裡，不就知道大家的猜測準不準確了嗎？」

看了興致勃勃的少女一眼，白銀沒好氣地說道：「小琉璃啊！妳就直說是自己想到北方探險吧！」

俏皮地吐了吐舌頭，琉璃並沒有否認：「我對傳說中的蠱獸很好奇嘛！何況這蠱獸即使眞的逃走了，看看初代神子所留下來的護山神獸也是不錯。」

經琉璃這麼一說，眾人這才想起除了眾多禁制外，傳說中落花仙子還留下了一頭強大的護山神獸。

「你們與紫霞仙子進入冰川時，曾看過那頭神獸嗎？」白銀好奇地詢問三名臉上彷彿寫有「到此一遊」字樣的同伴。

「那時紫霞仙子只是拍了拍手，眨眼間我們已身處冰川中了。因此正確來說，我們並沒有經歷過進入北方極地的艱苦旅途。」左煒天明明白白地表示出「別問我」的意思。

琉璃掩嘴一笑，道：「這次你們便可以好好經歷一下了。」

二人這段對話，讓姚詩雅露出失落的神情：「抱歉，因爲我這個新任神子太沒用，才連累大家得長途跋涉涉險。」

琉璃立即拉起姚詩雅的手安慰道：「有什麼關係呢？就是腳踏實地走進去才好玩嘛！要是像紫霞仙子般使用神力直接進去的話，便遇不到神獸了。」

姚詩雅畢竟只比琉璃年長一歲，終究是少女心性。被琉璃一提起，也不禁嚮往起來，道：「也對。既然是落花仙子創造出來的神獸，想必是優雅美麗得很。到底是冰龍還是火鳳呢？真是讓人期待。」

然而往後的事實證明，有時候即使身爲尊貴的神子，審美眼光也並不見得就會是好的……

至少，落花仙子花月兒創造神獸的眼光就獨特得很。

□

相較於東方溫暖怡人的氣候，以寒冷出名的北方則是長年下雪，是一片白茫茫的冰雪世界。

惡劣的氣候讓這裡人煙稀少。愈往北走，氣溫便愈是寒冷，北方的盡頭更是沒有人類定居的純白冰川。

對於如此惡劣的環境，祐正風三人理所當然地強烈反對神子前往。然而姚詩雅外表雖然柔弱，可是性格卻倔強得很，而且非常有主見。

何況面對三名青年的阻勸，姚詩雅並不是孤軍奮戰。

「有什麼關係呢！人多才熱鬧嘛！」琉璃與白銀本就是唯恐天下不亂的性子，何況長年行走江湖的他們，根本就不把北方極地當作一回事，自然站在神子這邊。

而讓三名青年大感意外的，便是葉天維的態度。他說道：「詩雅早就不是小孩子了，就讓她自己作主吧！」

本以爲葉天維不會捨得讓戀人犯險，然而當對方一臉無所謂地表現出支持姚詩雅的決定時，宋仁書他們才發現這個想法絕對是大錯特錯。

於是四對三，他們只好嘆著氣答允讓神子同行。

本來一切還算順利，至少眾人到達北方時，都沒有不長眼的刺客來進行刺殺。然而當神子一行人深入北方至一個程度時，他們卻發現再也無法前進半分。

只因愈是接近冰川，前進便愈是艱難。不只感官因嚴寒而變得麻木，就連方向感與距離感也在一片純白中完全喪失。這片冰雪之地的時間就像被凝固了似地，既

美麗又神祕，同時卻又危險萬分。

由於封印散發出來的神力波動，讓這裡就連磁石也無法探測出方向，舉頭亦不見指引方位的星辰。還好隨行的白彗不受封印之力影響，總算解決方向的問題。

然而，那錐心刺骨的寒意，卻不是常人所能承受的。即使已經披上了厚重的棉衣，可是寒意依舊無孔不入，彷彿能穿透衣服往身上鑽去。自小練武的左煒天等人還耐得住，可是姚詩雅與宋仁書卻已經無法繼續忍耐了，一行人得先找地方避寒才行。

北方居住著以捕獵雪中異獸及採摘極地靈草維生的游牧民族——胡族。胡族人外形高大威武，天性團結卻很排外，故而神子一行人受不了風雪想往村子借宿時，卻被拒在村落外無法進入。

「不能想想辦法嗎？我快要凍僵了。」整張清秀的臉全埋在毛茸茸的衣帽裡，只露出一雙哀怨的雙眼和凍得紅紅的鼻子，此刻的宋丞相像極一隻可憐兮兮的大型雪貂。

看到葉天維不避諱地將姚詩雅抱在懷裡為對方取暖，宋仁書下意識便往身旁的左煒天身上靠去。

「……先聲明我可沒有特殊癖好。」左煒天本來想要避開，但看到青年冷得抖個不停的樣子，最終還是嘆了口氣，張開雙臂認命般把對方環住，只是嘴巴上仍是忍不住損他幾句。

顯然是真的冷得受不了，宋仁書罕見地沒有反唇相譏，只是像抓住了救命繩索般，死命往對方身上貼去。

一個人吵起來沒幹勁，左煒天只好訕訕地閉上了嘴巴。

憂心忡忡地看了看暫時獲得熱源的二人，祐正風嘆了口氣，道：「這樣下去也不是辦法，若是找不到借住的地方，我們就只能折返回去了。不然到了晚上氣溫再冷上幾分，他們是絕對撐不下去的。」

聽到這兒，姚詩雅低垂的眼簾頓時染上一陣水氣，雖然她還是想要親自尋找妹妹的線索，可是若真的萬不得已也只能妥協了。

看了看懷中戀人失落的模樣，葉天維一咬牙，像是下了重大決心般地說道：

「我知道讓沒有武功底子的普通人也能夠進入極地的方法。」

簡簡單單的一句話，便吸引了所有人的視線。葉天維以清冷的嗓音解釋道：

「北方有一種名為九尾銀狐的稀有異獸，性子凶猛狡猾，傳說是白狐修煉千年後進化而成的妖物。牠們的毛皮能夠抵禦一切寒冷，正好能解決我們的困境。只是九尾銀狐行蹤飄忽難覓，牠們的存在並不廣為人知，也只有雪地捕獵經驗豐富的胡族人才能知悉牠們的所在位置……」

「那不就沒辦法了嗎？就連借住也不允許，即使村落中真的存有九尾狐皮，但胡族又怎會把狐皮賣給我們？」聞言，白銀立即洩氣了。看到主人無奈的神情，站在少年肩膀的銀雪貼心地低鳴了幾聲安撫對方。然而白彗卻嘲笑般地低飛在少年頭上惡意鳴叫，把白家少主氣得牙癢癢。

「胡族人排外意識極重，除非獲得族長允許，不然所有外來者都不得進入他們的村落。不過，定居在北方的他們以捕獵妖獸維生，只要付得起錢，沒有他們不幹的買賣的。」葉天維解釋，對於數量稀少又排外的胡族人，青年竟顯得非常了解。

撫摸著飛回肩膀上的白彗，琉璃若有所思地看向自家師弟，道：「師弟怎會對這些狐妖的事情那麼清楚呢？」

面對琉璃的詢問，身為當事人的葉天維倒是神色冷靜。反是他懷中的少女霍地抬頭，緊張又擔憂地凝望懷抱著自己的戀人。

「葉家本是以販售絲綢皮衣維生，從小耳濡目染下，我對於尋常人家不會知曉的衣料涉獵較廣。」葉天維淡然的語調聽不出內裡的情緒，然而眾人見到姚詩雅的神情，知道此事必定不止對方所說般如此單純。

「位於東方、販賣絲綢皮衣的葉姓家族……鬼族之子？」身為統領武林的白家莊少主白銀，早在年幼時便已把一些須注意的武林世家資料背誦如流，僅從葉天維的隻字片語，便猜到了葉家的隱諱。

面對眾人驚訝的神情，葉天維淡淡說道：「這都是很久以前的事情了。」

當年，葉家在東方也是顯赫一時的大家族。與單純以商業起家的姚家不同，葉家在經營家族生意的同時，也是聞名江湖的武林世家。傳說只要客人出得起錢，不論是仙獸的毛皮或是妖魔的皮革，葉家都能供應。只是葉家的風評在同行中一直不太好，更有傳言，葉家第四任家主是人類與鬼族私通所生的混血兒。

後來葉家第八任、同時也是最後一任家主葉楚輝，妄圖以家族優越的武藝，以及巨大的財力操控國家不果，終被朝廷所滅。葉家的男丁也在這場叛亂中幾乎死絕，一代豪門就此毀滅於上代神子——紫霞仙子之手。

「你是葉楚輝的……」祐正風眼神變得凌厲起來，若葉天維眞是葉氏遺孤，那麼他與朝廷之間的深仇可不是三言兩語所能化解。

「葉楚輝正是家父。」葉天維毫不避諱地爽快承認了同伴們的猜測。

「他是無辜的。」看到祐正風等人的反應，姚詩雅緊張地擋在戀人身前：「當年天維還只是個小小孩童，對於葉世伯的事情他既不知情，也從沒參與。」

冷得發抖的宋仁書從左煒天懷裡伸出了半個頭，眉頭因想不通的疑惑而稍稍皺起，道：「但……不可能的啊！當年葉家的事情鬧得很大，所有葉家殘存者與相關人士的資料刑部都有記錄在案。你既是葉楚輝之子，又怎能逃過朝廷的追捕？我記得這起事件並沒有任何要犯逃走的記錄啊！」

也難怪宋仁書會如此驚訝，當年的葉天維還只是個小孩而已，又怎能逃過國家的追捕？更遑論潛入刑部，湮滅所有有關自己的資料。

「當年是師叔救了我，直至事情平息後，我才被師父收爲弟子。」葉天維只回了簡短的一句話便沒有再作聲，彷彿這句話已說明了一切。

眾人面面相覷。

我們連你的師父、師叔是誰都不知道好不好！聽得懂你的意思才有鬼！

然而偏偏就是有人聽得懂。

「喔喔！原來是師父，原來如此！果然師父就是喜歡亂撿東西，而且背景不棘手的也不撿回去。」琉璃恍然大悟地認同起來，甚至還爲了加重語氣而拚命點頭。

「難道師姊也!?」葉天維敏銳地察覺出琉璃話裡的意思。難道這位年紀比自己小的師姊也有著不得了的背景？

琉璃但笑不語，每當她遇上不想回答的問題時，就是這副模樣。

白銀眨了眨眼，很快便釋懷地笑了笑道：「承蒙葉兄看得起，願意把事情如實相告。既然當年葉家的事錯不在葉兄，那我們又有什麼好介懷呢？」

琉璃也笑道：「何況如果師弟不說，我們還眞不知道九尾銀狐的皮毛有此奇效。如此說來，倒還要謝謝師弟你呢！」說罷，少女便向葉天維拱了拱手，青年連忙還了一禮。

左煒天本就是大剌剌的個性，他道：「鬼族的血脈又如何？我左大爺與鬼族對戰的經驗並不少，也不覺得他們與人族有什麼大分別。既然早已把葉兄你當朋友，我不會被這些小事輕易動搖的。」

左將軍的話，引來同伴們一致在心裡吐槽。

一名逃犯就在眼前了，這也算是「小事情」嗎？

這番話竟是出於執法者的口中，還眞是充滿了諷刺……

祐正風微微一笑，道：「刑部的檔案既然沒有資料，那葉兄就稱不上是罪人了。何況天底下姓葉的人何其多，誰又能指證葉兒是葉楚輝的兒子？」一句話說到底，把所有事情都推到「並不存在」的資料上，反正刑部的檔案根本就沒有葉天維這一號人物。

宋仁書再度把臉縮進左煒天懷裡。眾人看不到青年的神情，只有可憐兮兮的聲音悶悶地隔著絨衣傳來：「我才不理會你是誰。現在我冷得快死了，誰能讓我擺脫這個困境，誰就是我的大恩人。」

環視眼前眾人，葉天維緩緩勾起了嘴角。雖然上揚的弧度微不可見，但這名孤高冷傲的男子此刻確實是溫和地笑了。

第三章　九尾銀狐

即使是神子，也必須遵從天地萬物間的法則，
並不是如人們所想無所不能。

果然如葉天維所說，聽到神子一行人不再提出借住的問題，轉而與他們做生意，胡族的態度立即變得不同了。雖然仍舊帶有對外人的疏離及警戒，但至少言語上已較爲客氣，對他們的敵意也有所收斂。

可惜九尾銀狐性子凶悍、行跡隱匿，速度比尋常雪狐優異數倍，再加上牠的毛皮也只有在深入極地時才用得著，因此胡族並不會主動招惹牠們。若不是這些狐妖喜好孩童的血肉，每隔一段時間便會入侵村落抓捕小孩，胡族也不會獵殺此等難纏的妖物。

經詢問下，村裡存放的狐皮並不足以製成兩件大衣。雖然重賞之下必有勇夫，然而九尾銀狐生性狡猾，即使胡族人已答允進入雪山搜捕，也需要不少時間。

如此一來，神子等人終究還是得解決借宿的問題。可胡族人就是守著村口，不讓他們這些外來者進入。

除非是經由族長允許，又或是外嫁他族的胡族女子的丈夫、子女，不然外人一律禁止進入村落範圍，這是胡族人必須遵守的祖訓。

就在雙方僵持不下之際，琉璃忽然雙目一亮，只因她從來往村口的胡族人中，看到曾有一面之緣的人。

「啊！歐陽大個子！」

少女的嗓音清脆響亮，被她一手指著的大漢僵住了身子並回過頭來，臉上露出無法置信的神情，正是在沐平鎮中與林子揚一伙、曾與琉璃打賭的大漢子。

看到身後笑盈盈的琉璃，歐陽大漢不可思議地用力揉了揉眼睛，見少女的身影並沒有因而消失後，立即露出驚嚇的神情。連串表情豐富之極，引得琉璃吃吃笑了起來。

良久，男子似乎終於做好心理建設，快步走到琉璃面前，然後雙腿一彎，便要向少女跪下去。

琉璃這才想起不久前的賭局，當時他們的賭注，除了要喊她三聲「姑奶奶」外，往後歐陽大漢遇到她也必須畢恭畢敬地上前磕頭，然後退避三舍。

微微彎下腰，琉璃伸手往大漢手臂一托，也不覺得少女用了多大力氣，男子碩大的身軀竟是跪不下去。

先前在沐平鎮的一戰，琉璃已讓歐陽大漢心悅誠服，此刻少女露出這一手，男子對她的敬畏之情更深了。

「那時候的賭局我只是好玩而已，既然事情都過去了，那便就此作罷吧！只是希望歐陽公子得此教訓後，要懂得慎結良友才好。」

一番意有所指的話語重心長，隨即琉璃便收回了手，歐陽大漢也順勢站直身子。畢竟在村口出入的族人這麼多，真跪下去的話，他絕對會丟盡顏面的。

琉璃在族人面前保了他的面子，歐陽大漢感激地向她點點頭。同時，他也看出神子等人站在村口不肯離開，應該是有事相求，便詢問在旁與他們爭執的族人：

「這幾位是我的朋友，發生什麼事情了？」

被問話的胡族人驚訝地反問：「他們是族長的朋友!?」

族長！

琉璃一個箭步衝到歐陽大漢身前——興奮之下竟連輕功都用上了——然後仰起

頭，定定地看著眼前的高大男子，大大的眼睛熾熱地眨啊眨，道：「歐陽大個子，看在我們好歹算是有緣的份上，你就讓我們進村小住幾天吧！」

面對琉璃的嚇人氣勢，歐陽大漢不禁退了幾步，隨即把充滿疑問的視線投向身旁的族人。

「是這樣的，這幾位來到村子，想購買九尾銀狐毛皮所縫製的狐裘，可是族裡的狐皮不夠，他們受不了寒冷卻又不願折返，堅持要進村落借宿，結果便與我們在村口爭執起來了。」得知琉璃等人是族長的朋友，該名胡族人慌忙解釋，就怕先前對神子一行人的不敬態度會被族長責怪。

歐陽大漢挑了挑眉，疑惑地看了看琉璃等人，道：「你們要深入極地？」

對於男子的詢問，來自碧華殿的宋仁書三人完全沒有回答的意思。雖然現在歐陽大漢的表現不錯，但想到這人曾與狼爲友，雖然並沒做出什麼實際的惡行，但神子的事情還是不要讓他知曉爲佳。

至於白銀，雖然他與朝廷沒有多大關係，但林門的野心昭然若揭，妄想取代白家莊的敵對意識太明顯，而歐陽大漢又是林門少主林子揚的人。這個林子揚在沐平鎮仗勢凌人、橫行霸道，最最重要的是，他竟然用骯髒污穢的眼神打量小琉璃！現在回想起來，白銀便覺得當時只打斷林子揚門牙的懲罰實在太輕了，悔恨啊～

恨屋及烏，讓白銀對歐陽大漢也沒多大好感，也就與宋仁書等人一樣，對於對方的詢問不理不睬。

琉璃與葉天維卻是把視線投往姚詩雅身上，意思很明顯。

這是妳的事情，由妳來決定要不要告訴他吧！

姚詩雅看了看歐陽大漢，並沒有立即回覆，而是試探地反問男子：「歐陽公子你……這次沒有與林門的林公子在一起了呢！」

歐陽大漢本就是心直口快的人，何況他與林子揚已生嫌隙，在神子等人面前毫不避諱地發出不屑的冷哼，道：「別提林子揚那個小人了！要不是我武藝不及他，真想打他一頓再走！」

原來野心勃勃的林門，以給予南方一片豐潤的私人土地作條件，暗地裡招攬了不少少數民族爲其所用。對於居無定所，又或是居住環境相對貧瘠惡劣的他們來說，這無疑是很具吸引力的誘餌。

胡族也因而成爲林門招攬的一員，然而在沐平鎮的時候，歐陽大漢卻無意中聽到林子揚與張老頭的對話，驚悉那片約定的土地竟是林門的祖地，根本不可能會送給外族！

林門早就打定過河拆橋的主意，從來沒想過要履行諾言！

「林子揚這個草包果然卑鄙，不過憑他的智商，只怕再努力也成不了大事。大約林門的顯赫，也只到他父親那一代爲止了。」聽到就連歐陽大漢這麼魯直遲鈍的人也能識破林子揚的陰謀，作爲林門的對手，白銀也不知到底應該高興還是失望才好了。

他敢斷定若把林門全權交由林子揚統領的話，這武林的一大豪門不用白家莊出手，很快便會倒了。

聽到歐陽大漢的話之後，姚詩雅雖然仍不認同爲了利益而爲虎作倀，但他們此刻有求於人，既然胡族已與林門劃清界線，那少女也不再介意，把事情如實相告，甚至更允諾要是胡族替他們把事情辦好，便會安排對方遷往內陸。

胡族早已厭倦了北方的惡劣環境，現在有了神子的承諾，歐陽大漢哪有猶豫的道理，立即眉開眼笑地把眾人迎進村子裡，並立即召集村裡的壯丁組建一支獵殺九尾銀狐的團隊，只待明天一早便出發獵狐！

然而誰也沒想到，他們還未來得及找狐妖的麻煩，對方卻已先一步侵襲胡族的村落……

□

里多是歐陽大漢的獨子，全名歐陽里多，剛滿三歲的他長得圓潤可愛，正是孩子最討人喜歡的年紀，是歐陽家捧在掌心呵護的寶貝。

但今夜，這名平常乖巧安靜的孩子，卻在深夜時分發出驚惶的尖叫，嚎啕大哭的聲音立即驚醒了沉睡中的眾人。

最先趕到現場的，是睡在孩子鄰房的父母。打開房門的瞬間，他們便看到房內早已滿目瘡痍，兒子更是動也不動地倒在血泊裡，生死未知。

室內共有四頭銀狐，其中兩頭是六尾雪狐，另外兩頭則長有九條尾巴，正是姚詩雅他們想要捕獵的九尾銀狐！

二人闖入房間時，牠們便把視線從孩子身上移開，改射向入侵者身上。狐狸的雙目在黑暗中泛起青綠的螢光，妖異得令人心慌。

里多的右臂已被狐妖扯斷並吃進肚裡，左腳也彎曲成奇怪的角度，看起來活像個破壞掉的陶瓷娃娃。

認知到兒子即使能保住性命，往後也必定落下殘疾，歐陽大漢的妻子只感到一陣昏眩，差點兒便要暈倒過去。然而身爲母親的堅韌讓她堅持下來，在丈夫擋住狐妖的瞬間，衝前抱起生死未卜的兒子，拚命帶著孩子逃離危險！

狐狸本就是智商絕高的生物，九尾銀狐的智力更是不下於人。迎向歐陽大漢的只有兩頭六尾，九尾銀狐卻一躍阻擋在房門前，更放出青藍色的狐火，將抱著里多的女子逼得退回去。只見狐火在逼退女子後形成一個圓圈，將兩頭九尾銀狐保護在火焰中。狐妖低聲的咆哮像是威脅，又像是在嘲諷這些人類的不自量力。

歐陽大漢雖然手無寸鐵，然而他可是胡族中數一數二的高手，糾纏間只聽到骨頭「喀」一聲的碎裂聲，竟是大漢徒手把其中一頭六尾雪狐的脖子硬生生折斷！

隨即男子迅速轉身，一拳打在另一頭六尾雪狐身上，直把牠打得橫飛出去，摔往阻擋在房門前的兩頭九尾銀狐！

看到迎面飛來的同族，九尾銀狐不閃不避，在牠們身前竄起的狐火卻燃燒得更加猛烈。重傷的雪狐在半空中動彈不得，瞬間便被青藍色的狐火燒得連灰也不剩。

與這些狐妖交戰多年的胡族，早就知曉這些妖獸的嗜血與凶殘。只是夫婦二人怎樣也想不到牠們竟狠毒至此，那頭倒楣的雪狐還來不及發出一聲悲鳴，便已命喪同伴手裡。

歐陽大漢本想利用那頭重傷的狐妖逼迫兩頭九尾銀狐退離房門，想不到牠們全不把同伴的性命當作一回事。陰冷的狐火雖然不帶任何熱度，卻比熾熱的火焰更能燒燬任何事物。除此之外，狐妖的利齒皆帶著致命的妖毒。只要被咬一口，妖毒便會隨著血液的流動擴散至全身。

雖然身中妖毒的族人從沒有哪個能夠活下來，身為父母，歐陽夫婦不到最後絕不會放棄里多。眼看再拖下去，兒子在死於妖毒前便會失血致死，偏偏夫婦二人卻對阻攔在他們面前的九尾銀狐完全沒辦法。

以往胡族獵殺九尾銀狐，都是利用箭矢之利攻其不備。此刻手無寸鐵地與牠們困於小小的睡房中，擅長的箭術根本無法施展，更遑論狐妖早已在身前築起狐火作屏障。

明知里多的狀況再不能有所延遲，他們卻只能眼睜睜地看著兒子束手無策，這對於身為父母的他們來說，無疑是最痛苦的煎熬。

忽然，九尾銀狐的耳朵動了動，迅速遠離房間，越過歐陽夫婦往房內閃避。那本包圍保護著兩頭狐妖的狐火倏地變得猛烈，形成一道青藍色火牆，阻擋在牠們身後。

即使因狩獵維生而練得一雙好眼力的夫婦二人，也只能模糊地看到兩道璀璨的火光一閃而過。

隨之而來的，便是妖狐淒厲的悲鳴。

搖曳的青藍火焰緩緩消散，驚疑不定的歐陽夫婦定睛一看，兩頭凶悍的銀狐竟已倒在地上。泛著淡淡銀光的狐身沒有任何傷痕，只有右眼皆被打出了一個深深的血洞。妖狐黑色的毒血從空洞的眼眶不停流出，很快便形成兩灘小血泊。

沒有了狐妖的威脅，二人也沒時間深究發生了什麼事，慌忙把兒子平放在地，察看孩子的傷口。

「你們退開！讓我看看孩子！」

歐陽夫婦聞言往門外看去，只見宋仁書他們都在。姚詩雅在三人身後面色蒼白地看著滿室的血跡與狼藉，葉天維則默默陪伴在她身旁。

白家莊少主白銀，早已收起了平常那掛在臉上吊兒郎當的笑容，神情仍留有一絲冷然的殺氣。少年走到狐妖屍首前，以匕首從銀狐額中的傷口挑出一朵閃爍著火光的琉璃珠花。二人這才醒悟，剛才是白銀把這珠花當作暗器，出手擊殺銀狐的。

只是連九尾銀狐的狐火也無法將其燒煅，這內裡蘊藏火焰的珠花到底是由何種質料所製……

琉璃來到里多身前，迅速點了孩子身上好幾個穴道。直至里多的傷口不再出血，少女那緊皺著的眉頭這才稍微鬆開了些。

只見琉璃把孩子的頭安置於自己的大腿上，然後取出一柄勉強稱得上短劍的鐵片，便毫不猶疑地往手腕處的動脈割下。傷口頓時湧出大量鮮血，少女打開里多的嘴巴，把鮮血盡數倒進孩子微啓的雙唇中。

「小琉璃！妳在幹什麼!?」白銀掠至少女身旁，看到琉璃血流不止的傷口心疼不已。少女割得很深，且準確地正中動脈，出血量頗爲驚人。

琉璃邊單手調整孩子的姿勢，把里多的頭仰起，好讓他能更順利嚥進鮮血，邊解釋道：「從小我便被師父餵以各種藥材，早已是百毒不侵的體質。雖然我的鮮血不足以除去里多體內的妖毒，然而暫時壓抑毒性還是可以的。」

說罷，琉璃便轉向姚詩雅笑道：「所以，請神子在我的血流光以前，快點想法子吧！不然我與里多便會一屍兩命……咳！口誤口誤……是共赴黃泉才對。」

「我來想辦法!?」忽然被點名的姚詩雅著實嚇了好大一跳。

看到神子那副慌張的模樣，因失血而臉色益發蒼白的琉璃竟然還笑得出來：

「以詩雅姊姊的神力，要解除九尾銀狐的妖毒應該不是什麼困難的事情。想想在白家莊時，妳連傳說中赤霜丸的蠱毒也是說解便解除了。」

「因爲妳是神子啊！」說罷，甚至還俏皮地眨了眨眼。

見琉璃忍著疼痛與失血的暈眩感，強打起笑容鼓勵自己。畏血的姚詩雅硬是壓下強烈的噁心感，舉步往滿是屍體與血污的房內走去。

「請告訴我，我該怎樣做?」抬頭看向曾侍奉紫霞仙子的宋仁書等人，仍不太懂得運用自身神力的姚詩雅，此刻只能求助於他們了。

這一次，三人再也沒有說出阻止的話語，白家莊一事讓他們深切反省了自己的過度保護。雖然姚詩雅的神力並不穩定，但赤霜丸一事已說明她仍舊有著無限可能。即使有絕大機會以失敗收場，還是應該讓她放手一試。

也許，因爲連能充分運用神力的紫霞仙子都會落得被鬼王擄走的下場；那麼與她相比，性子溫婉、初得神力的新任神子，讓他們覺得更應該要受到保護，不讓對方遇上任何危險才行。

即使姚詩雅什麼都不管不顧也沒有關係，幫不上忙也不要緊，他們只是自私地想要透過保護姚詩雅，來彌補無法保護紫霞仙子的遺憾。

然而他們的這種做法，卻完全忽視了姚詩雅的意願。

到後來他們才發現，姚詩雅遠比他們所以爲的更堅強，也更加獨立。之所以能醒悟到這點，都是託那名神祕小姑娘琉璃的福。

因此這次三人對望了一眼後，便向姚詩雅躬身行禮，說道：「恭請神子向天神禱告。」

身爲神使，他們的職責是扶助她，並不是以保護爲名，將其困於精緻的金絲雀籠中，現在他們總算懂了。

姚詩雅所獲得的神力還只有「一半」，因此非常不穩定，同時也變得難以施展。對於歷代神子來說輕而易舉的事情，到了姚詩雅身上卻變得非常困難。

還好從赤霜丸一事中，他們知道神子與天神的聯繫並沒有因神力減弱而消逝。因此他們也只有賭賭看，看姚詩雅能否像當時一樣，從禱告中獲得天神的幫助。

這還是第一次，宋仁書三人不但沒有阻止姚詩雅使用神力，甚至還願意替她想辦法、出主意。

勾起美麗而淡雅的微笑，姚詩雅的眼神充滿了喜悅與眞摯：「謝謝。」

看到神子的神情，三人除了深深爲先前的事情感到歉疚外，更慶幸這次作出了正確的選擇。

姚詩雅在歐陽夫婦緊張期盼的注視下，走到了里多身旁。

把手按在止了血的傷口上，姚詩雅輕閉雙目，內心一片清明。

此刻少女只有一個念頭，就是想要拯救眼前這名身中妖毒的可憐孩子。

隨著內心不斷禱告，姚詩雅內心生起一種很微妙的感覺。她感到體內正聚集了一股神祕的力量，在她的意念下緩緩進入里多的傷口，修復傷口的同時，也把妖毒驅逐出體內。

難道這些力量，就是自己引導出來的神力？

從此刻起，姚詩雅總算能清晰感應到神力的存在。雖然不完整的神力依舊不穩定，但對少女來說，這已是大大的進步了。

然而就在里多的傷口開始逼出黑血、體內妖毒快要消除之時，姚詩雅卻絕望地感受到體內的神力已經所剩無幾。

少女頓時陷入了與白家壽宴中相同的困境。

就在神子的力量幾近枯竭之際，一隻手輕輕按在她的手背上，隨即姚詩雅竟感到神力瞬間再度盈滿，在她的動念下迅速把里多體內的餘毒盡數逼出！

妖毒解除後，姚詩雅甚至還有餘力讓神力在孩子的體內運行一周，確保沒有任何餘毒殘留。一旁的琉璃也同樣受到神力的治療，手腕上的傷口瞬間癒合。

神力激發了孩子的自癒能力，里多身上的傷口，以及左腳的傷勢瞬間完好如初。然而左腳的骨折可以復元，可那隻失去了的右臂卻是再也長不回來了。

即使是神子，也必須遵從天地萬物間的法則，並不是如人們所想無所不能。

吁了口氣，雙眼睜開的姚詩雅最先看到的，是一隻因失血而有點失溫，卻依舊充滿著溫暖感覺的手。

順著手主人的方向看去，映入眼簾的是同樣溫暖卻有著些許俏皮、讓人不由自主地會跟著放輕鬆的笑容。

是琉璃！

第四章　手心相連

「那麼最後一個問題。偶爾……咳、只是偶爾啦！可不可以偶爾像今日這樣牽牽妳的手？」

姚詩雅猛然憶起自己初次使用神力的情景，在力量即將枯竭時，琉璃不也是支撐著她似地緊握著自己的手嗎？

隨即她便感到枯竭的神力盈滿起來。

當時姚詩雅把奇蹟歸於天神的回應，然而這次神力卻又是在琉璃的觸碰下再度盈滿，會是巧合嗎？還是……

同樣擁有神力的人，只有另一名獲得神力傳承的神子。根據預言，此人有很大機會正是她的小妹姚樂雅。

姚詩雅仔細打量著琉璃的容貌，雖然姚樂雅離開姚家時年紀尚幼，經過多年，那名小小的孩子應早已成長爲妙齡少女，長相必定與小時候相距甚遠。

然而愈是仔細觀察，姚詩雅愈是覺得琉璃的容貌與記憶中的三妹竟如此相像。

歐陽夫婦激動得又哭又笑，歡天喜地地把孩子抱起來。

姚詩雅緊抓著琉璃的衣袖，有點唐突又有點急躁地詢問：「琉璃姑娘，妳今年是十五歲嗎？」

琉璃眨了眨眼睛，爽快地應道：「是啊！」

「那麼……琉璃姑娘妳……是出生於東方嗎？」姚詩雅努力想要裝作若無其事，但略帶顫抖的嗓音還是洩露了少女的緊張。

琉璃奇怪地歪了歪頭，隨即道出了否定的答案：「不，我是在南方出生的。」姚詩雅並沒有懷疑少女的話，只因以琉璃的性格，她不想說的時候往往會直接把嘴巴閉上；若她願意回答，說出來的就不會是謊言。

頓時，姚詩雅滿臉失望道：「是嗎……」

從姚詩雅的問題與她的反應，葉天維已猜到了戀人的想法。扶起少女的同時，青年悄悄於對方耳邊小聲說道：「下次見到師叔時，我替妳再問問看。」

葉天維的體貼令人窩心，姚詩雅回以一個微笑。既然琉璃否定了她的猜測，那她只好先把這個糾結著自己的假設放到一旁。

琉璃看了看性命已無大礙的孩子，笑著詢問歐陽夫婦：「雖然約定的毛皮已經到手，本來在縫製成狐裘以後我們便要離開，可是能否讓我們在村子裡多留幾天？」

眾人是兒子的救命恩人，這種小事情他們當然不會拒絕，二人想也沒想便答允下來。

聞言，琉璃眨了眨那雙靈動的大眼睛，在眾人皆納悶著她又在打什麼鬼主意時，只見她取出了袖珍短劍，竟以短劍代替大刀使起刀法來。

與琉璃平常以速度爲主，且角度詭異難測的劍法不同，此刀法以力量爲主，講究以慢打快、以拙制巧。

雖然琉璃只使了短短數招，加上她失血下刀法難免顯得虛浮，然而卻無損眾人了解此刀法的精妙。

「歐陽大個子，在等待毛皮製成狐裘的期間，我們互相切磋一下武藝如何？這刀法本就是由一位獨臂的俠客所創，我想會非常適合小里多學習的。」

聽到少女的話，歐陽大漢頓時激動得不能自已。

琉璃所說的「互相切磋」無疑只是客氣話，實際卻是爲了傳授里多這套刀法。

卻又礙於里多年紀尚幼，因此琉璃便先把刀法傳授給歐陽大漢，再由對方授予小里多。

胡族擅於摔跤與弓箭，這些都不是斷臂之人所能學習的技巧。然而琉璃所施展的刀法本就是由獨臂俠客所創，里多學習起來不但不會因少了一臂而有所阻礙，甚至還會如魚得水。

光看琉璃使出這不適合她的刀法便已有此般威力，若刀法出自健壯的胡族男子之手，到底會有多大的力量？

想不到里多雖然失去了一隻手臂，卻因而獲得此等機緣，真的可謂塞翁失馬，焉知非福了。

本以為兒子身中妖毒，這次只怕是凶多吉少，想不到他不但能存活下來，還獲得了另一條出路。歐陽夫婦對眾人的感激之情，已非言語所能表達。如果狐皮大衣的交易不是涉及到胡族的利益，歐陽大漢甚至都想要免費贈送給他們了。

很快地，神子一行人拯救了小里多的英勇事蹟便在胡族中流傳開來。胡族對待外人一向疏離冷漠，可對待朋友卻非常熱情。神子等人的行動，成功獲得了胡族的友誼。

尤其是無懼狐火、使用火琉璃輕鬆擊殺兩頭九尾銀狐的白銀，更被視爲英雄。數名相中白銀的胡族姑娘更於晚上摸進他的房間偷襲，強悍地表達出想生米煮成熟飯的決心。

於是這幾天，在琉璃忙於教導歐陽大漢刀法的同時，白銀則是忙於逃避那些比狐妖更爲凶猛的胡族姑娘。

堂堂白家莊少主的狼狽模樣，成了眾人茶餘飯後的絕佳八卦話題。

只要適應了北方的氣候，民風淳樸的胡族村落對神子等人來說，倒是個不錯的居所。

唯一無法享受村落寧靜的屠妖英雄白銀，在連茅廁這個最後的隱藏點也失守的

第三個晚上，被強悍的胡族姑娘追捕得無處可逃，只好匆忙躲進了琉璃的房間裡。

「盛惠一晚六文錢。」沒有大聲叫嚷著男女授受不親地把少年趕出去，決心窩藏屠妖英雄的琉璃劈頭而來的一句話，卻顯示出其舉動並不是出於高尚偉大的友誼這種美好的原因。

「好貴啊！」白銀苦起臉裝委屈，不過在外頭那些虎狼似的胡族姑娘的圍堵下，少年還是毫不猶疑地掏錢了。

難得看到白銀如此狼狽的樣子，琉璃眨了眨眼睛，立定主意要把少年此刻的模樣記下，再找個機會加油添醋地向白老莊主好好「報告」一番。

隨意往床邊一坐，孤男寡女獨處一室，二人卻沒有絲毫的侷促與尷尬。尤其當琉璃把懷裡的東西向少年遞過去時，白銀努力想要培養的浪漫氣氛頓時被打擊得灰飛煙滅。

接過琉璃手中的髮釵，髮釵上少了兩枚用火琉璃打造的珠花。缺失的珠花，正是白銀用來擊殺狐妖的「凶器」。

「我讓銀雪跑一趟，先把髮釵送回莊裡進行修補。妳什麼時候需要？」

「不急，十月以前便可以了。記得替我換過兩朵珠花，見過血的我不要拿來作壽禮。」

點了點頭，白銀把珠釵收進懷內，看似漫不經心地開口，卻有著若有似無的試探，道：「小琉璃師父的生辰在十月嗎？與紫霞仙子同一個月份呢！」

笑了笑，少女坦然承接白銀那充滿興味的目光，道：「喏！有長進嘛。短短數年光陰，小白不單長高，還學會試探別人了。」

琉璃一番話同樣意有所指。畢竟白家莊每年都能開採一定數量的火琉璃，白銀貴爲白家少主，手上不可能沒有火琉璃打造的暗器。少年故意使用琉璃的珠釵，也許就是想利用這個機會旁敲側擊一番。

「哎……看在我已長得比小琉璃高的份上，妳就別再提起我的人生污點了。」

雖說男生總是比女生晚發育，可是當年的白銀卻也太嬌小可愛了點，少年一直沒因此而少被琉璃取笑。

「可小白你不是對此引以爲傲嗎？總是利用稚嫩可愛的外表來哄騙長輩，尤其那些前來探訪白莊主的江湖人士，你沒少從他們身上收取好處吧？聽說你收取的見面禮，都足以放滿一個房間了。」回想當年白銀那小狗似的形象，可是深得鎭內所有居民，尤其是女性們的喜愛。再加上這小子嘴巴又甜，幾乎已成爲沐平鎭的吉祥物了。

「可是，我現在已經長大了。」看著每次分別後自己總是分分秒秒思念著的人兒，白銀收起了嬉鬧的笑容，俊秀的臉上泛起淡淡的溫柔笑意，道：「我終究還是希望小琉璃能夠把我視爲一個英俊瀟灑、可以依靠的『男人』啊！」

愣了愣，琉璃總算像個普通的小姑娘般臉色緋紅，首次逃避了少年的視線。

這名聰慧的少女，又怎會不明白白銀對自己的心思？

避開少年熾熱的視線，琉璃閃爍其詞地說：「安眠用的薰香已經調配好了，另外，我剛想起今天所教授的刀法有幾點特別要注意的地方，趁著還不是太晚，我先過去找一下小里多與歐陽兄他們了，小白你在這裡隨意吧！」

自從那晚遭狐妖襲擊後，里多便一直受噩夢困擾。琉璃知悉此事後，每晚總不忘替孩子製作一些安睡的薰香。孩子畢竟比較健忘，再加上父母的悉心照料，數天下來里多已漸漸能步出這個陰影。

白銀早已決定趁著這個二人獨處的大好機會把所有事情弄清楚，現在話都說開了，白銀當然不會讓琉璃有機會逃開，好冷靜下來以後想好藉口再回來矇騙他。

拉住琉璃的手臂，白銀展露出不允許對方逃避的堅決態度，阻止想要離開的少女，道：「小琉璃，我不介意妳裝傻無視我的感情，可是憑我倆的交情，難道妳就不能稍微信任我一點嗎？」

心疼地注視著默然不語的少女，白銀嘆息道：「爲什麼妳總喜歡把事情藏在心裡？哪怕是一點點，也不願意顯露出來讓我爲妳分擔？」

這還是一向縱容她的白銀首次把話說得如此直接，如此不容她有絲毫逃避的餘地。琉璃低垂著頭，微微顫動的睫毛在少女的臉上投下長長的剪影，卻同時令白銀看不清楚對方眼裡的情緒。

其實，與表面上的堅定與決絕相反，白銀的內心正滿是強烈的不安。若是把話都攤開來以後，琉璃卻依舊是什麼也不願意對他說，甚至狠狠把他的手甩開的話，這輩子他大概再也提不起勇氣向對方表達心意。

到時候，他大概只會笑嘻嘻地裝作任何事情都沒發生過，然後繼續以朋友的身分默默陪伴在她身邊了吧……

「……我不是姚樂雅，至少『不完全是』。」就在白銀忐忑不安、胡思亂想之際，琉璃悶悶的聲音清晰地傳進少年耳中：「至於原因，可以待事情結束以後再告訴你嗎？」

愣愣地像傻子般看著琉璃，白銀幾乎要懷疑剛才的一番話是不是他過於不安而產生出來的幻聽。

沒有想像中冰冷的拒絕，琉璃真的如他所願，坦誠相告了部分的眞相，雖然不是全部，但白銀已經很滿足了。

從琉璃吐露的隻字片語中，少年已獲得不少想要的情報。即使仍然搞不清楚對方那「不完全」的意思，可是白銀卻明白見好就收的道理，對他來說，能夠獲得琉璃的回應便已足夠。

深深地看進琉璃靈動的雙眸，少女的眼瞳猶如清泉似地清澈乾淨，看不出絲毫陰霾。「妳恨他們嗎？想要爲姚二夫人報仇嗎？」

琉璃毫不避諱地點了點頭：「恨啊！曾經。」

見白銀挑了挑眉，一臉對她的回答不願置評的表情，琉璃吃吃笑了起來，輕鬆愉快的笑容再度回到少女臉上。「小白你聽過一個故事嗎？有個受仇恨煎熬的男人遇上一名智者，他詢問智者什麼是快樂，智者告訴男子，只要他一直往前走，所遇上的第一個人便是這世上最快樂的人，那個人會告知他問題的答案。」

「於是男人懷著滿心的疑惑往前走，很快便遇上了一名砍柴後正要回家的農夫。男人看到一貧如洗的農夫衣衫襤褸，卻有著令他羨慕的愉快笑容，於是便上前向農夫請教什麼是快樂。」

抬頭，琉璃嫣然一笑道：「農夫聞言，抹了抹滿頭的汗水，並順勢把負於肩膀上的沉重柴枝放下，然後向男人笑道：『懂得「放下」，這便是快樂了啊！』。」

深深地回望進白銀漸漸浮現出感動與憐惜的眸子中，琉璃的話語如此地眞摯。

「小白，你覺得我快樂嗎？還是你認爲我的笑容都只是做做樣子而已，至今依舊無法放下？」

白銀的目光專注認眞，臉上浮現淡淡的笑意與寵溺，道：「怎會呢？若說小琉璃不快樂，那世間上就再也沒有快樂的人了。」

說罷，白銀收起笑意，一臉嚴肅認眞地說道：「我相信妳。」

然而下一秒，肅穆的神情便瞬間瓦解，變成一張苦惱的可憐表情：「只是這麼一來，殺害衛家的兇手就眞的苦無線索了啦！」

琉璃聳了聳肩，笑道：「就是那樣才有趣，不是嗎？」

白銀聞言，苦惱的神情變成了無奈，逗得琉璃愉悅地勾起了嘴角。

「那麼最後一個問題。偶爾……咳、只是偶爾啦！」話說到一半忽然變得吞吞吐吐的白銀，以一臉豁出去的表情飛快一口氣說下去：「可不可以偶爾像今日這樣牽牽妳的手?」

訝異地眨了眨眼，隨即琉璃輕輕抽出少年一直沒放開過的手臂，轉而遞上白皙軟嫩的柔荑，道：「你那叫『牽手臂』，牽手是這樣子才對。」

聽到少女的答覆，白銀立即笑逐顏開，手更是得寸進尺地變換了位置……十指緊扣，手心相連。

□

第二天清晨，同時也是預定往極地出發的日子，白銀掛著一張明顯睡眠不足的臉出現，頓時引來了眾人的關注。

「哈哈！所以說『齊人之福不易享』！小子，你還有得學呢！」誤以為白銀是由於胡族姑娘的滋擾而整夜未眠，卻不知白銀是因為昨晚太高興以致睡不著。左煒天完全就是幸災樂禍的表情，往滿臉疲態的白銀肩膀拍了拍。

「我才沒有享什麼齊人之福！」難得沒有與左將軍鬧著玩，白銀就像一頭炸毛的貓，用力拍開了左煒天的手，然後有點緊張地窺察琉璃的神色。見少女在一旁與歐陽夫婦說話，並沒有注意到他們這邊的說話內容後，這才安心地吁了口氣。

難得小琉璃總算稍微把他放進心裡了，白銀可不想引起什麼誤會，破壞自己在少女心目中的形象。

看到白銀這種緊張的反應，眾人不禁露出了會心微笑。左煒天故意惡劣地驚嘆道：「原來不是齊人之福，而是只有一人而已？嘖嘖！真想看看到底是哪隻妖精如此銷魂，把你吸至這種精力衰竭的樣子。年輕人，正所謂『色字頭上一把刀』，小心精盡人亡啊……」

此刻左將軍的神情真的很變態、很下流……

然而左煒天的話還未說完，一支通體青黑、透露出尖銳殺氣的劍便俐落地橫放於他的脖子旁邊。玄鐵劍的主人那雙與劍身同樣冰冷的眼神，透露出赤裸裸的威脅，清楚表達出要是左煒天還不閉嘴，他不介意讓對方以後也開不了口。

舉起雙手作投降狀，對於這名只對自家師姊以及戀人妥協的男子，左煒天完全相信對方此番舉動絕不只會是無意義的威嚇，若自己繼續這個話題，那麼對方必定會把手裡的劍毫不猶豫地往他的脖子抹！

雖然眞打起來的話，鹿死誰手仍未知曉，但左煒天也沒無聊到爲一個玩笑而傷了同伴間的和氣，只是抗議的話語仍是免不了：「別生氣、別生氣。我又不是在說你，那麼大反應做什麼？」

姚詩雅也擔憂地扯了扯葉天維握劍的衣袖，很稱職地擔任起緩衝的角色：「天維，怎麼了嗎？你爲什麼生氣了？雖然我聽不太懂左公子的意思，難道他說的是罵人的話語？」

「……」姚詩雅的疑問一出，尷尬的沉默頓時充斥四周。

「是我錯了，我應該看清場合說話的。」左煒天很乾脆地道歉。

冷冷瞪了對方一眼，葉天維這才把劍收回鞘中。

「詩雅。」

仍舊搞不清楚狀況的神子，帶著莫名其妙的疑惑神情回望過去。

「剛才妳聽到的東西不用理會，能忘了更好。」葉天維很認眞地說道，被對方的氣勢壓倒，姚詩雅只能愣愣地點點頭。

此時在旁的白銀無精打采地打了個大大的呵欠，姚詩雅這才想起一連串對話皆因爲這位頂著一雙熊貓眼的白家少主。她道：「白公子，今天便要出發了，你眞的沒關係嗎？」

總算聽到正常的慰問，白銀很誇張地抹了抹眼角道：「看姚姑娘人多好啊！不像某些人總愛幸災樂禍。」

經過數天的趕工，兩件輕巧保暖的狐裘總算在胡族姑娘的巧手下趕製出來了。此刻穿著狐裘的宋仁書只覺得彷彿得到重生，立即恢復了原有的活力。

至於左煒天這個人肉暖爐，則被很現實的宋仁書過河拆橋，二人又再度回到以往那種老是說不上兩句話便互相抬槓的相處模式。

宋仁書聽到白銀的話後，立即嘲諷地笑了幾聲，隨即便惹來了左煒天的不滿。

戰火頓時一觸即發，二人少不了唇槍舌劍一番。

看到宋仁書總算恢復元氣的樣子，左煒天不禁勾起了嘴角。雖說對方依賴自己時那乖巧的模樣看起來滿有趣的，可是他還是覺得這種精神奕奕的樣子，更適合這名聰明難纏、牙尖嘴利的兄弟。

第五章　拔丞相

他終究認命轉身，把大半個人都陷入雪中的宋仁書「拔」出來。

琉璃掩嘴一笑，道：「還真像在拔蘿蔔。」

「哎呀！」深入極地後，已經數不清到底是第幾次了，對於這三不五時便會從背後傳來的驚呼聲，左煒天實在很想假裝沒聽見。

嘆了口氣，他終究認命地轉身，把大半個人都陷入雪中的宋仁書「拔」出來。

琉璃掩嘴一笑，道：「還真像在拔蘿蔔。」

驚魂未定的宋仁書還沒來得及向少女抗議，左煒天那充滿挑釁的嘲諷便先來了：「別拿他與蘿蔔比，人家蘿蔔好歹好吃又有營養。他的話……誰會種植這種沒水準的東西呀？」

宋仁書聞言，立即像隻被踩到尾巴的貓跳起，毛茸茸的狐裘更是突顯了這種視覺效果，道：「你說誰是沒水準的東西啊!?」

左煒天聳了聳肩，笑得很欠揍，道：「應聲的人。」

「你……」宋仁書似乎想衝上前找左將軍算帳，可惜天不從人願，沒有絲毫武功底子的宋仁書沒跑兩步，便再度沒入深雪之中。

「喔喔！這次是沒頂了呢！」

「別玩啦！快點救人吧！」

左煒天無奈地伸手再次把青年從雪中「拔」出來，只見獲救的宋仁書打了個大大的噴嚏，痛苦地將滿臉的冰雪弄乾淨以後，便反手抓住了身旁的人。

低頭看著二人相握的手，左煒天皺起了眉，道：「放手！」

然而宋仁書卻吃定了對方不會對他暴力相向，眼神沒有絲毫動搖，非常堅定地道：「不要！」

「放手！你又不是小孩子，牽什麼手!?」

「那麼說來，神子也不是小孩子啊！」宋仁書立即牙尖嘴利地反駁。

看了一眼與葉天維旁若無人牽著手的姚詩雅，因戀人掌心傳輸的內力，才能在鬆軟雪地上輕鬆行走，左煒天頓時語塞。

「那……他們是情侶，我與你兩個大男人手牽手算什麼？若你是個漂亮的姑娘，我倒會考慮一下。」雖然左煒天嘴巴上這樣說，但其實他早就拔丞相拔得煩厭了。然而每次看到宋仁書這副吃定了他的模樣，左煒天便會忍不住想反脣相譏。

結果左大將軍的一番話，瞬間便換來宋仁書鄙夷的眼神：「說得一臉道貌岸然，可我認識你那麼久，還不知道你眞正的喜好是『這個』嗎？你這種欲擒故縱的手段我已經看穿了！竟然連身邊的人也忍不住出手，眞是世風日下，道德淪亡。」

左煒天頓時傻眼。

這個？

是哪個？

等等！他指的該不會是……

姚詩雅完全聽不明白，整個人愣住了，琉璃則是老實不客氣地捧腹大笑。

白銀忍不住笑吟吟地插話道：「原來左兄喜好所謂的龍陽之癖，而且專門向身邊的人下手，那在下眞的要小心一點了。」

這也算是現世報了，今早白銀才因一雙熊貓眼被左煒天取笑，現在一有機會，少年便立即連本帶利地笑回來。

所以平時還是多做好事得好，風水輪流轉這種事是經常發生的。

就連祐正風也忍俊不住，道：「呃……本想說二弟不願意的話我可以代勞，現在嘛……君子不奪人所好，在下還是不打擾兩位了。」

葉天維的反應則是眾人之中最爲直接的。左煒天欲哭無淚地看著玄鐵劍再度橫架在自己脖子上，葉天維滿身的殺氣比漫天的風雪更是刺骨，冷啊……

雖然他什麼話也沒說，然而那雙銳利的眸子清清楚楚地表達出「別在詩雅面前說多餘的話！」的意思。

左煒天立即露出冤枉的神情。明明就是他們硬要曲解他的意思，怎麼現在又怪到他的頭上了？

就在眾人玩鬧著之際，一聲野獸的咆哮從遠方傳來。

「這聲音不像尋常野獸，說不定正是落花仙子留在極地的護山神獸！」聽到那充滿威勢的咆哮聲，琉璃的雙眼立即迸發出熾熱的光芒，在眾人仍未來得及作出反應之際，琉璃已拉著同樣一臉期待的姚詩雅往獸聲來源處衝去。

姚詩雅早已對神獸好奇不已，受到琉璃的影響，埋藏在心裡的那份飛揚與跳脫也彷彿被引導出來。琉璃拉著姚詩雅跑時，神子下意識便鬆開了葉天維的手。

隨即她察覺到自己這樣把對方甩掉似乎不太好，至少也該向對方交代一聲。不過琉璃拉著她時用上了輕功，姚詩雅也停不下來，只好回過頭向青年歉意一笑。

「啊！好歹也等我一下吧！真是的。小琉璃的好奇心就是重，怎麼神子也跟她一起胡鬧了？」抱怨歸抱怨，只是白銀那雙充滿好奇的熾熱眼神，卻是與兩名少女如出一轍。

葉天維做事永遠是最乾脆的，身影一晃便追著二人而去，瞬間眾人便只能看見對方變得微不可見的背影。白銀見狀，也立即使出輕功追上去。

祐正風嘆了口氣，心想怎麼這些人一個比一個不讓人放心。右將軍離開前也不忘回首警告依舊互瞪的兩名兄弟：「我先追上去看看。你們也別玩了，快點趕上來吧！」

很快，雪地上只剩下左煒天與宋仁書二人。宋仁書理所當然地說道：「靠你來帶我了，反正你知道我跑不快。」

聽到對方無賴的語氣，左煒天實在很想把這傢伙遺棄在這裡，讓他自生自滅。氣得牙癢癢的左煒天不情不願地輸出內力，隨即宋仁書便感到掌心傳來一種奇異的感覺，就像有一道流動的水流，從相連的手運行至全身。

「放鬆身體，走動的時候別分神說話，也別停下腳步。」簡短交代了聲，左煒天便拉著對方往前跑。

感到身體不可思議地變得輕盈，宋仁書輕而易舉地以令人驚歎的速度奔跑於鬆軟的積雪上。

「厲害！」自從進入極地後便沒少受過這些積雪的困擾，宋仁書不禁驚喜地讚歎了聲。然而這句話才剛說出口，他便感到本來穩定地運行全身的真氣倏地停頓，左腳立即便陷進了冰雪之中。

左煒天連忙往上一拉，把宋丞相失陷的左腳拔出來，然後狠狠往始作俑者瞪過去。

自知理虧，宋仁書立即露出討好的笑容伸了伸舌頭，卻是再也不敢發聲了。

忽然，一聲淒厲的叫聲令二人面色一變。

聲音很熟悉，只因這段旅程剛開始不久，聲音的主人便是以「好奇、有趣」為由，硬是賴著他們。

那名無論遇上任何麻煩總是處變不驚、一副天塌下來也能當被子蓋的小姑娘琉璃，即使在衛家大宅起棺時，看著遍地的屍體連臉色也沒變過。自同行以來，他們便從未看過她露出吃驚的表情，更何況是這種令人毛骨悚然的慘叫聲？

最糟糕的是，與琉璃一起的，還有神子姚詩雅！

她們到底遇到什麼事情了!?

想到這裡，左煒天再也顧不及宋仁書，提氣一躍，便拉著宋仁書以最快的速度飛躍起來。雖然眾人之中左煒天的輕功很平常，相較於琉璃他們的輕功，他的速度算不上很快，但對宋仁書來說已足夠他受的了。

伴隨著一陣恐怖的騰空感，四周景物快速變換，迎面而來的冷雪颩得宋仁書面頻生疼，尤其騰雲駕霧間那種腳下沒著落的感覺讓他都想吐了。即使如此，先前只受一點苦頭便會抱怨的宋仁書，此時卻倔強地硬是沒有作聲，以免令身旁的左煒天分心。

全速前進下，二人很快接近慘叫聲的來源。才剛掠上一座由積雪堆積而成的小丘，便見琉璃拉著姚詩雅迎面跑來。

看到二人安然無恙，宋仁書與左煒天不約而同地鬆了口氣，並因對方可怕的氣勢而露出些許退縮之意。

兩名少女的表情說有多哀怨便有多哀怨，還夾雜著受騙的憤怒。聽著琉璃罵罵咧咧的，左煒天二人在了解來龍去脈後，神情不禁變得古怪起來。

原來琉璃剛剛的慘叫聲不爲別的，而是看到護山神獸的尊容後，幻想破滅時的悲鳴！

面對怨氣難平的兩名少女，宋仁書很聰明地完全沒問有關神獸的話題，把焦點轉移至另外三名同伴身上，道：「其他人呢？」

「留下來阻擋神獸的攻擊了。那頭怪物完全不賣詩雅姊姊的帳，張牙舞爪地要把我們趕走。」說罷，琉璃跺了跺腳，道：「可惡！怎麼落花仙子創造出來的神獸長得那麼醜？這到底是什麼審美眼光啊!?」

滿臉失望的姚詩雅，以沒有把握的語氣安慰心靈同樣受到創傷的友人，道：「也許……初代神子創造神獸時主要以戰鬥爲主，因此特意把神獸設定得較爲……呃……威武吧？」

看姚詩雅的神情，只怕少女想說的形容詞不是「威武」，而是「猙獰」才對。

宋仁書與左煒天對望一眼，本來他們對於神獸到底長得怎樣這個問題，一直抱持著無所謂的態度，可是在見到兩名少女的反應後，卻反倒對此好奇起來。

「琉璃姑娘，神子交給妳照顧了，我先過去幫忙。」向琉璃交代了聲，左煒天便懷著滿滿的好奇心，放開宋仁書的手便想要趕過去看熱鬧。

然而宋仁書卻像癩皮膏藥般，怎樣甩也甩不開。左煒天皺起眉頭看過去，只見對方執拗地要求道：「我也要去！」

「我是過去幫忙，你過去做什麼？幫倒忙嗎？」

「我可以幫你們打氣加油！」

「……」

宋仁書的爪子就是不放，對方的身子那麼弱，左煒天又不好用內力震開他。不想再花費時間與對方拉拉扯扯，左煒天心想反正祐正風他們都在那邊，應該也算是安全的。

即使所有人加起來還是不敵護山神獸，但宋仁書那麼大的人總會躲吧？因此左煒天也就不再掙扎，帶著宋仁書同行，興致勃勃地前往一睹神獸的風采。

很快地，他們便看到那頭被姚詩雅形容爲「威武」的神獸。

神獸體型巨大，高度足有兩名成年男子身高的總和。全身雪白，頭上有著鬈曲的鬃鬚，脖頸上戴有一枚銅鈴。渾身散發著神聖氣息的牠形貌酷似巨貓，卻口長獠牙、吼聲震天，長相異常凶猛猙獰。

宋仁書感嘆了聲：「啊啊！原來如此，是狻猊啊……」只是……尋常的狻猊體型沒這麼巨大，長相沒這麼「威武」，也不會通體雪白就是了。

確實，無論怎樣看，這神獸也與少女們口中的美麗優雅無緣，難怪琉璃她們會如此失望了。正所謂期望愈大，失望愈大。

這頭狻猊不愧爲落花仙子留下的護山神獸，果真勇猛異常，若與之對敵的人不是葉天維這些高手，尋常的武夫必定只有夾著尾巴逃跑的份兒。只是左煒天看了一會兒，便發現眼前的戰況透露出異樣。

這頭狻猊與其說是想要嚇退葉天維他們，倒不如說是想要把眼前的三人置於死地！

牠平常都是這樣對付那些深入極地的人嗎？

狻猊發出震怒的吼叫聲，神獸的聲音似乎包含著某種力量，不單震懾了眾人心神，更瞬間讓眾人受到不同程度的內傷！

最接近狻猊的白銀立即噴出一口鮮血。還好一旁祐正風先一步運氣護住心脈，在白銀受傷以後得以全速把少年拉開，這才讓白家莊少主免於重創的命運。

沒有絲毫武功底子的宋仁書，雖然所處位置距離戰場最遠，可是也被震得步履不穩，咽喉湧上一股腥甜。

看到身旁的丞相大人吐出鮮血，左煒天立即把人扛上肩膀，轉身帶離戰場。

「可惡！是誰說護山神獸只是把深入極地的人趕走？牠根本就是犯了凶性，想把所有入侵者幹掉！」左煒天邊跑邊忿怒地罵了幾聲，還不忘傳輸內力來替宋仁書療傷。

傳說那些深入極地的人，因爲神獸的阻擋只得折返回來？

像他們這種高手遇上狻猊也如此狼狽，尋常武者折返得回來才有鬼！

其實「折返回來」，是指那些人被神獸「折斷」以後，給別人抬「回來」才對吧？

此刻他們理解了。

也不知是否左煒天突然離開的大動作刺激到狻猊，只見神獸猙獰地露出獠牙，捨下白銀便朝二人撤退的方向追去！

冷光一閃，葉天維當機立斷地擲出玄鐵劍，在內力的催動下，長劍彷如流星般高速射向狻猊，可惜卻被神獸敏捷地閃過。

青黑色的長劍筆直插在地上，雖只是一柄兵器，卻也散發出充滿邪意的殺戮氣勢。即使未能傷及神獸分毫，卻逼得狻猊退了開去。眾人看到這神奇的一幕，才察覺到葉天維這柄長劍除了用料特別以外，只怕還隱藏著其他特殊的力量。

趁狻猊愣住的瞬間，祐正風已從後趕至，舉劍運勁往狻猊的脖子斬去。這一劍他為了救人使盡全力，出手狠辣果斷，眼見神獸的頭顱便要與身體分家了！

怎料狻猊的鬃鬚卻在危急關頭伸展膨脹，竟像是有生命似地緩衝了祐正風這石破天驚的劍勢。柔軟的鬃鬚化解了大部分的攻擊力道，即使如此，長劍卻仍舊在神獸脖子上劃下一道不淺的傷口，雪白的鬃毛頓時被鮮血染紅了好大一片。

狻猊發出吃痛的吼叫聲，巨掌往旁一拍，硬是把祐正風想要乘勝追擊的動作給打斷了。

雖然狻猊成功逼退青年，可前掌也被長劍劃出一道頗深的劍痕。即使如此，神獸仍是執拗地往左煒天二人的方向追去，完全不管身上還流著血，狀甚瘋狂。

「停下來……」拍了拍扛著自己的左煒天，受了內傷讓宋仁書說話變得很困難，卻還是吃力地把話說了出來。

然而宋仁書這三個字，換來的卻是左將軍的怒斥：「這個時候你還要與我唱反調？開什麼玩笑！剛才的獅吼把你吼傻了嗎!?」

左煒天的話才剛說完，肩上的青年竟忽然用手臂勒住他的頸項，害二人一起摔倒在雪地上。還好積雪深厚，即使這下摔得很重，倒也沒有多大疼痛。

左煒天驚出一身冷汗。剛剛宋仁書出手攻擊他時，左煒天差點兒便下意識反擊了回去。還好最後一刻青年迅速頓住攻擊，不然只怕已一掌打在宋仁書身上。

撐起陷進雪中的上半身，動了真怒的左煒天正要向宋仁書破口大罵，卻驚見受傷的狻猊已一拐一拐地追了上來！

就在左煒天把宋仁書從雪中拔出來護在身後，並拔出佩劍準備迎敵之際，卻意外地看到從後追上的狻猊竟越過他們，直直往他方跑去。

包括拚命阻擋神獸前進的葉天維在內，所有人全都傻眼了。

也就是說，神獸追逐的目標，自始至終都不是左煒天他們二人嗎？

扶起了宋仁書，左煒天順勢將內勁從掌心傳送過去。受傷的青年被逼出一口瘀血，頓時感到胸口的鬱悶感散去不少。

直到身體較爲舒坦了，宋仁書這才發現自己痛得全身都是冷汗。剛才被狻猊追趕時猶不自覺，此刻安下心來，便立即感到刺骨的寒冷，連忙縮起身子，並拉緊狐裘的衣領。

見狀，左煒天再度將手按到對方身上，也不知男子用了什麼手法，宋仁書滿身的汗水在內勁的運行下瞬間蒸發。直把宋才子看得眨眼連連，高呼著不可思議！

沒與對方廢話，左煒天詢問在同伴之中似乎是唯一弄懂了神獸失常原因的宋仁書，道：「解釋。」

此時，三名同伴也趕來了。剛才直接承受獅吼的白銀已調理好氣息，雖然臉色仍有點蒼白，但內傷已好了一大半。眾人忍不住驚歎少年如此年輕卻已有此修爲，心想名門白家莊的正宗心法果然不容小覷！

「其實我也只是猜的，不過看神獸的舉動，我想也離事實不遠。」宋仁書邊說邊用手抹了抹嘴角的血跡，卻發現效果不盡理想，便改撿了些冰雪來搓臉：「我覺得牠的目標並不是我們。之所以發狂般地攻擊大家，以及從後追上我與二哥，只是因爲我們擋著牠的道而已。」

最先醒悟過來的人是祐正風。「原來如此！那個方向是……」右將軍的話才剛說完，白銀與葉天維同時神色大變，人影一閃便不見了影蹤。

「二弟，你留下來照顧三弟。」說罷，祐正風也跟著追了上去。

「所以？你到底想說什麼？他們又怎麼了？」左煒天追問。

投以一個「朽木不可雕」的眼神，雖然十足鄙視，但看在左煒天剛才爲他療傷的份上，宋仁書還是解釋道：「這頭狻猊既是初代神子落花仙子所創造出來的護山

神獸，那麼正常來說，神獸該會很親近神子才對。至少對於神力應該不會陌生。」

見左煒天認同地點了點頭，宋仁書續道：「人們都說深入極地會被神獸驅逐，再加上這麼久以來也從沒聽說過有神獸殺人的謠言傳出。也就是說，這頭狻猊對於入侵者皆以驅逐爲目的，不會直接下殺手。」

「放屁！我看牠剛才的舉動，根本就只是想要把所有進入極地的人都置於死地！」

「拜託，左大將軍罵人放屁以前，請用用你那顆快要腐朽、或者其實已經腐朽的腦袋思考一下，你認爲歷年來那些深入極地的人，會強於大哥他們三人的聯手嗎？可即使是大哥他們，對上神獸也討不了好。如果神獸沒有手下留情，你認爲其他人面對牠的時候能夠憑實力全身而退？」宋仁書翻了個大大的白眼過去。

「這……可是若牠並不是想傷人的話，那剛才爲什麼……」

「我不是說了嗎？我們礙到牠的路了。你仔細想想，剛才牠所跑的方向是？」

「不就是追著我們往回跑嗎？」

宋仁書覺得自己快要被激得再度吐血了，他道：「我們在來這兒以前，遇到過誰？」

「啊！」這次左煒天總算醒悟出正確答案道：「牠是想要去找神子！」

聞言，宋仁書不禁鬆了口氣。

他終於明白過來了啊……

好累！要讓這傢伙動腦筋思考眞的好累……

「等等！這麼一來不是糟糕了嗎？雖說神獸應該不會傷害神子，可是姚姑娘此刻只有一半神力而已。萬一……」

宋仁書沒好氣地回答：「所以以防萬一，葉兄他們不是立即尾隨而去了嗎？我們也耽誤了不少時間，快點趕過去看熱鬧吧！」

第六章　神獸狻猊

只見少女收起了平常掛在臉上甜甜的笑容，氣勢凜然地斥喝道：「停下來！你連自己要侍奉的主人也認不得嗎？」

白銀與葉天維幾乎同時趕到了少女們的身邊。

看到狻猊雖然阻攔在琉璃她們身前，卻沒有出手攻擊兩名少女，白銀與葉天維不約而同地鬆了口氣。

見神獸猶豫著想要跨步往琉璃她們走去，雖然此刻牠看起來意外地溫馴，可保險起見，白銀還是甩出幾枚銅錢射向神獸。不得不提的是，花月國鑄造的銅錢都是貨真價實由純銅打造，對白銀來說，絕對是讓他非常滿意的隨身武器。

銅錢皆被狻猊的鬃鬚捲起，並沒有對牠造成任何傷害，卻成功讓神獸停下前進的腳步。

趁神獸被逼退的空檔，祐正風也趕來了。三人護在神子與琉璃的身前，阻撓的動作再次激怒了狻猊。只見牠露出銳利獠牙威嚇著，一時形成了僵持的局面。

狻猊猙獰的模樣讓姚詩雅不安地退後了數步。看到神子的動作，琉璃歪了歪頭，問：「詩雅姊姊討厭牠嗎？討厭這頭狻猊？」

姚詩雅愣了愣，有點不確定地回答：「也不能說是討厭吧！只是牠看起來很凶、很危險，也充滿了攻擊性。與其說是厭惡，我想我是有點害怕牠會對大家造成傷害。」

「是嗎？雖是神獸，可卻一直是人們忌諱害怕的存在，這孩子還真是可憐。」

在二人說話期間，狻猊已與葉天維及祐正風兩人再次交鋒。雖然神獸依舊勇猛，可前掌的傷勢讓牠的動作遠沒有先前靈活。白銀三不五時便把暗器往狻猊身上招呼，更是雪上加霜地令牠大大分神。很快，狻猊落了下風，被三人壓制下來。

琉璃的發言讓姚詩雅愕然，面對神子驚愕的目光，琉璃輕聲說道：「這麼多年來，牠一直留守在人跡罕至的北方極地，我想牠一定很寂寞吧？即使如此，牠還是從未離開過極地一步。這頭狻猊必定很喜歡落花仙子，才能夠在漫長的時間中堅持遵守著神子所交託的任務。」

聽到琉璃的一番話，姚詩雅看向狻猊時的眼神有些改變了。其實琉璃所說的話她並不是沒想過，而且也很敬重神獸這麼多年來的堅持……

可是還是覺得牠很可怕啊！

對。

姚詩雅實在不明白，爲什麼這頭猙獰的神獸那麼執著於想要攻擊自己？自己和琉璃在看到這頭狻猊、滿足了好奇心後便退走了，應該沒有冒犯到牠才對。

難道牠知道，我在心裡評價牠長得醜？

這個想法才剛浮現，姚詩雅便覺得有些心虛了。

「我覺得神獸並不是想要攻擊我們喔！」琉璃看穿了姚詩雅的顧忌，聳了聳肩，道：「雖然牠追過來的時候，那副猙獰的樣子眞的很嚇人，然而我卻感覺不到殺氣。」

站在兩名少女身前充當護衛的白銀，聞言一臉八卦地回首加入了話題。令人驚訝的是，少年手上的動作依舊持續，彷彿後腦也長了眼睛似地道：「我也是這麼覺得，面對我們這些人時，狻猊確實是下手毫不留情。然而自始至終都沒有把殺氣投放至神子身上。」

說到這裡，白銀苦笑了聲，道：「你們有所不知，狻猊還能夠以獅吼作爲攻擊手段，這攻擊可是讓我吃了不小虧。可是看狻猊來到這裡以後，便沒有再度發出那種極具攻擊性的吼叫聲，我猜……也許是因爲牠怕會誤傷到在旁的姚姑娘吧？」

琉璃笑著把白銀的頭用手扭回去，並且示意少年別八卦、認眞監視神獸後，便轉而詢問神子，道：「那麼詩雅姊姊的想法呢？再這樣下去，眞的好嗎？」

默然看著受傷的狻猊行動變得笨拙，因白銀三人的聯手而傷痕累累。然而神獸卻沒有絲毫退縮之意，即使最先被劃傷的前掌已無法使力，即使血流如注的傷口染紅一大片白雪，可牠仍舊露出獠牙低吼，奮力想要越過三人的防守。

看起來好拚命好拚命。

姚詩雅眼中的膽怯逐漸消退，取而代之的是複雜的神情。

然後毫無預兆地，神子忽然舉步往狻猊走去。

在姚詩雅越過白銀之際，少年沒有阻止她，反倒笑嘻嘻向她道了聲「加油」，隨即便側過身讓神子通過。

「琉璃姑娘，我們不是跟妳說過了嗎？請別再慫恿神子了。」不知何時已退出戰圈走到琉璃身旁，祐正風語帶無奈地說道。

琉璃無視祐正風的抗議，在看到葉天維那副因姚詩雅犯險而變得異常難看的表情後，更是愉悅地露出了惡作劇的笑容，道：「可是祐公子不也沒有阻止詩雅姊姊嗎？也就是說，你也認爲神獸的事情讓她插手比較好，對吧？」

自知說不過伶牙俐齒的琉璃，這小姑娘從來不賣他們的帳。因此聽到琉璃的回答後，祐正風也只能無奈地搖頭苦笑。

「詩雅！」姚詩雅成功獲得白銀與祐正風放行，可葉天維那一關卻不是這麼容易過的。姚詩雅才剛踏出兩步，便被葉天維攔腰抱起，帶著神子使出輕功掠出老遠。「妳怎麼不好好躲在一旁？這兒很危險的。」

說罷，葉天維便把滿是殺氣的視線投放在失職的護衛——白銀身上。

白銀攤了攤手，一臉「我很無辜」的神情，道：「是神子自己要過去的，姚姑娘又不是囚犯，我沒有理由阻擋她。」

在少年身旁的琉璃聞言，立即舉起了手道：「答案同上。」

最後被殺人視線掃至的祐正風，總算是唯一一個比較誠懇的人，他道：「抱歉，我說不過琉璃姑娘。」

作爲對戰狻猊的主戰力，葉天維全副心神都用來牽制著神獸，因而並沒有聽到剛才的討論。聽到祐正風的話以後，葉天維看了一眼完全沒有反省意思的煽動者問：「這是師姊妳的意思？」

琉璃卻什麼也不說，只是回以一個幸災樂禍的笑容。看到少女那明顯等著看好戲的眼神，葉天維眉宇間的摺痕又再深了幾分。

揮劍把早已是強弩之末的狻猊逼退，青年低頭迎上了姚詩雅的目光，道：「妳想清楚了嗎？確定要過去？」

有點猶豫地看了看猙獰地低吼威嚇著的狻猊，姚詩雅的神情有點退縮，但最終仍是點了點頭。

「既然是妳決心要做的事情，那我就不阻止了。」感受到戀人的堅決，出乎眾人意料，葉天維竟然很爽快便表示願意放行。

眾人不禁聯想到當初神子決定尋找姚樂雅，以及提出親自深入極地時，葉天維也是這種態度。果然對於姚詩雅，葉天維徹底地採取了積極不干預態度啊……

正常來說，應該是會阻止的對吧？

見狀，琉璃雙眸靈動一轉，好奇地詢問：「如果身分對調，要接近神獸的人換成是我，小白會阻止我嗎？」

認眞地思考片刻，白銀回答道：「我應該還是會阻止吧？終究是初代神子留下來的珍貴神獸，要是小琉璃下重手讓牠有什麼三長兩短……」

「好過分！相較於神武的狻猊，小白你不是應該更擔心我這個纖纖弱質的姑娘家嗎？」

白銀笑嘻嘻地回答：「我只知道十歲時便用玩具似的短劍把妖獸斬成數段的人不叫『姑娘家』，而是應稱作『小怪物』。」

祐正風無奈地插在兩名大孩子中間，阻止二人的窩裡反。可他的心神卻從沒有鬆懈過，一直關注著狻猊的一舉一動，只要狻猊有任何對姚詩雅不利動作，祐正風便會立即出手，先把神子救下來再說。

見狻猊一眨也不眨地瞪著自己，姚詩雅壓抑著轉身逃跑的衝動，緩步走到了神獸面前。面對著這位新任神子，狻猊也好奇地把頭往少女身上拱過去。

狻猊釋出善意的舉動讓姚詩雅大膽起來，猶豫片刻便試探著伸出手，摸上狻猊頭側雪白的鬃鬚。看到狻猊並沒有不悅，安安靜靜地任由自己撫摸，姚詩雅更加放心了。手也不再僵在同一位置，開始上下移動著，撫摸神獸的頭顱。

狻猊從喉嚨發出類似貓科動物的「咕嚕」聲，溫順的舉動讓猙獰的外表彷彿變得溫和不少。

忽然間，狻猊像是察覺到什麼似地抽動著鼻子，隨即竟發出震怒吼聲，張開口便往姚詩雅身上咬去！

想不到狻猊會忽然攻擊自己，姚詩雅完全無法做出任何反應，只是愣愣地站在原地動也不動。

葉天維在神子身後一直警戒著神獸的一舉一動，他立即攔腰抱起姚詩雅，避過了狻猊的攻擊。同時，眾人中身法最靈動輕巧的琉璃越過後退的二人，阻擋在狻猊身前。只見少女收起了平常掛在臉上甜甜的笑容，嚴肅著臉，氣勢凜然地向神獸斥喝道：「停下來！你連自己要侍奉的主人也認不得嗎？」

所有人都被琉璃的舉動嚇了一跳，白銀正要射出暗器擊退狻猊，卻見狻猊在聽到少女的怒斥時，攻擊竟倏地僵住，像是瞬間被人點了穴道般。

在其他人眼中看見的是，琉璃衝上前，很有霸氣地向狻猊斥喝了一聲，然後不知怎地神獸便變得安靜下來。然而作爲身具神力的新任神子，姚詩雅卻知道事情並不止這樣而已。

在琉璃怒斥神獸的瞬間，姚詩雅便感覺到一股熟悉的力量隨著琉璃的斥喝聲激盪開去，狻猊正是被這股神祕的力量震懾住。

這股力量來得快，去得也快，只出現了短短瞬間便散消無蹤。可姚詩雅很清楚這並不是自己的錯覺。

之所以如此確定，是因爲這力量與她體內的神力產生了共鳴，在白家莊消滅蠱蟲，以及爲小里多驅除妖毒的時候，姚詩雅也曾感受到這種神祕的力量。這種能與她體內神力融合的力量，姚詩雅是絕對不會認錯的！

此時，以一聲斥喝很霸氣地穩住狻猊的琉璃，回首看向呆若木雞的姚詩雅，滿臉關心地詢問道：「詩雅姊姊，沒事嗎？」

姚詩雅狐疑地看著琉璃一臉無辜的神情，也搞不清楚那股力量到底是不是少女的傑作，愣了愣，這才搖首道：「我沒事……倒是這頭狻猊，牠到底怎麼了？」

宋仁書與左煒天趕到時，看見的就是如此詭異的一幕。

狻猊一改先前威猛的形象，雪白的巨大身軀伏在地上。一雙獸瞳竟隱約向琉璃露出了哀求之色，看起來就像是頭做錯事情後乞求主人原諒的大型寵物。

神獸前後巨大的反差讓眾人適應不良，全數愣在原地呆呆發怔。

琉璃嚴肅地教訓著伏在雪地上的神獸；而狻猊則用著可憐兮兮的眼神看著少

女。可惜神獸先天優勢不足，無論牠怎樣裝可愛、扮可憐，那雄赳赳的模樣也很難引起別人的憐憫。

琉璃本就甜美可愛，偏偏這頭狻猊無論怎樣縮起身子裝可憐，看起來仍舊一副凶狠的猙獰相。結果便是眼前這幅螞蟻怒斥大象的景象，要說有多詭異，便有多詭異……

「我先前的話果然沒錯吧?小琉璃太邪惡，就連神獸也要向她搖尾乞憐。」白銀以一臉「沒錯吧」的表情笑嘻嘻地如此評價。

把狻猊責罵了一頓後，琉璃忽然轉身向身後的姚詩雅招了招手，直把看得目瞪口呆的神子嚇了一跳，良久，才反應緩慢地指了指自己，再三確認。

見琉璃肯定地點點頭，姚詩雅對剛才神獸的攻擊仍心有餘悸，猶豫了好一會兒，這才戰戰兢兢地小步往琉璃的方向挪移過去。

葉天維正要緊隨戀人的步伐，卻被琉璃出言阻止道：「葉師弟你先不要動。放心，我承諾會還你一個完好無缺的詩雅姊姊。」

對於琉璃這個師姊，葉天維還是很信任的，既然她說過會保姚詩雅平安，葉天維也不好落她的面子，頷首應了聲後便留在原地。

察覺到神子的不安，琉璃笑了笑，解釋道：「如果我猜得沒錯，這頭狻猊既然是被詩雅姊姊身上的神力吸引而來，那麼在直接接觸以後，必定發現到詩雅姊姊身上的神力並不穩定，而且異常薄弱。牠大概誤以爲這薄弱的神力是人類的小把戲，並不是眞正的神力，是爲騙取牠信任的手段吧？我記得有種現在已失傳的法術，便是能夠模擬別人的氣息，狻猊說不定曾吃過這種虧。只怪我先前沒想到這些，差點誤了詩雅姊姊妳的性命。」

「只要直接往牠的身上輸出力量，我想狻猊一定能夠認出這是貨眞價實的神力。詩雅姊姊，妳願意再試一次嗎？」

姚詩雅默然凝望著伏於雪地上的狻猊，這麼一看，少女才發現牠有著一雙很美麗的虹色眼眸。神獸一身雪白的毛皮像是極地的白雪，七彩的虹色雙瞳，則像北方天空上的美麗極光。

見姚詩雅的神情有些鬆動，琉璃繼續推波助瀾，道：「雖然先前真的被牠嚇壞了，但看在這孩子最終沒有傷害到任何人，而且也吃足了苦頭的份上，這次的事情就原諒牠吧！」

即使眼前的狻猊曾想要取她性命，然而姚詩雅本就是容易心軟、會輕易原諒別人的性子，於是神子最終還是嘆了口氣，把手按在狻猊的額頭上，傳出了神力。

「詩雅姊姊，反正妳都要使用神力了，要不要順道替狻猊治療一下？不然任牠這麼流血下去，真的太可憐了。」

神獸是通曉人性的生物，聽到琉璃的一番話，狻猊那雙美麗的眼眸頓時浮現起感激的神色，隨即便發出一陣猶如耳語似的低鳴。

雖說所擁有的神力既不完全又不穩定，但畢竟先前也有過治療小里多的經驗，對於治療狻猊的傷勢，神子還是很有信心的，因此少女想也沒想便答允下來。

姚詩雅持續把神力引導至狻猊身上，心裡祈願著治療牠的傷痛。神獸的痊癒力本就驚人，此刻加上神力的治療，身上的傷口很快便止血結疤，甚至在傷口的位置還重新長出白毛來。

收起傳送神力的手，姚詩雅向神獸和善一笑，摸了摸牠後便轉身離去。然而狻猊卻亦步亦趨地跟在她身後，一副立定主意要跟隨新任神子的模樣。

「確認了詩雅姊姊的身分後，牠想要跟著妳走呢！」琉璃就像是聽得懂獸語，裝模作樣地笑著翻譯，一旁的狻猊聞言竟附和似地點了點頭。一人一獸的動作讓人哭笑不得，卻又覺得可愛有趣得很。

對於琉璃的提案，姚詩雅卻是一臉爲難地道：「可是神獸須看守封印，把牠帶離極地沒問題嗎？而且牠的外表也實在太……人跡稀少的北方還好，如果把牠帶到城鎮的話會引起騷動的。」

琉璃靈動的雙眼閃現狡黠的光芒，少女說話的語氣充滿了誘惑，道：「要是有神獸跟隨，大家的安全也多一份保障。不用操心那麼多惱人的事情，能夠找到姚樂雅的機會也更大喔！既然神獸主動要求離開，也就是說，那頭冰封於極地的蠱獸十居其九已經逃離了冰雪的封印。」

琉璃勸說的同時，狻猊更是適時裝出一副可憐相。水汪汪的眼瞳強烈露出「拜託！請給我一個溫暖的家」的神情，看得在旁的一眾青年嘴角直抽。

這兩個女的……她們以爲自己在商量著撿流浪貓狗來養嗎!?

正當眾人在心裡百般吐槽之際，姚詩雅已被琉璃所說服，道：「嗯……若眞的能解決外形的問題，也不是不可以養啦……」

最起碼體積要小一點，不要像現在這樣一掌便可以將人壓扁。

聽到姚詩雅的話，狻猊雙目一亮。下一秒，神獸巨大的身軀產生驚人的變化。淡淡的乳白光芒從神獸身上散發出來，光線明亮卻不刺眼。很快地，光芒變得愈來愈亮，最後，狻猊龐大的身軀便包裹於白光之中，讓人看不清楚身影。待光芒散去後，所有人頓時傻了眼。

狻猊龐大的身體瞬間縮小至貓兒般大小，結實的肌肉變成了胖胖的嬰兒肥，粗壯的四肢也隨之變得短小。雜亂鬈曲的鬃鬚變得蓬鬆，軟軟白白的就像是天上的雲朵。滿口尖銳的獠牙也變得圓潤起來，只有在張開嘴巴時，才隱約可見其尖尖的犬齒。不但完全不嚇人，反而還非常可愛。

驚奇過後，琉璃左看右看了好一會兒，隨即滿意地點了點頭，道：「很好！變成這個大小的話，便沒有問題了。」

「……」眾人再度無言中。

豈止是改變了大小，那根本就是變成了別的生物好不好!?

雙手穿過狻猊的腋下將牠提起，小白獅胖胖的後腿有點不安地凌空踢了幾下，隨即便放棄似地軟軟垂著。琉璃把手中的狻猊遞至神子面前，嫣然一笑道：「詩雅姊姊，妳要養嗎？」

狻猊立即適時再度露出「請給我一個溫暖的家」的神情，更拚命眨動水汪汪的眸子裝可愛。

狻猊果眞不愧爲初代神子留下的神獸，變身時間只花了三秒，便已完全變成了其他生物……

喜愛毛茸茸的小東西也許是所有女生的天性，自從狻猊的外形異變以後，神子無法再把視線從那小巧玲瓏的身軀上移開。小白獅任何一個動作，都讓姚詩雅有種幾乎要噴鼻血的衝動。至於琉璃的詢問，也只是在她的背後再推一把罷了。

果然，姚詩雅立時伸手把狻猊接過來，並且小心翼翼地抱在懷裡，隨即堅定地頷首道：「我要養。」

眾人面面相覷，最終都聳了聳肩，沒有說什麼。

反正狻猊變成了這樣子後，實在沒有任何恫嚇性可言。難得神子喜歡，把牠當作寵物飼養也無不可。

「雖說蠱獸也許已經不在，但我們還是到封印蠱獸的地點看看吧！既然已經走這一趟，總要去親眼確認一下的。」

姚詩雅頷首，摸了摸賴在她懷裡撒嬌的小白獅，柔和地詢問：「你能帶我們到封印所在嗎？」

狻猊的耳朵動了動，隨即這頭通曉人性的神獸便跳到地上，一馬當先地帶領眾人往極地深處走去。

第七章　火鴉

眼前這座冰山，猶如水晶般晶瑩剔透。於陽光下，竟然還折射出陣陣令人炫目的美麗彩光，美不勝收。

跟隨在狻猊身後，眾人很快便迎上宏偉壯觀的冰山群。還未來得及驚歎於大自然的鬼斧神工，他們便從連綿的冰山中發現到不尋常的特異之處。

「好漂亮！這些也是極光嗎？」不要說是北方了，就連遠門也從沒出過的富家小姐姚詩雅，一臉大受震撼及不可思議的表情，凝望著天空的七色彩光。

白銀打量著這座群山中唯一一座玲瓏剔透的冰山，回答道：「是極光沒錯……只是我從沒聽說過，極光還會出現在冰山上。」

正常說來，冰山或多或少總會呈現雪白的顏色，不會如水晶般晶瑩。就以四周群山爲例，全都是通體雪白地聳立在眾人眼前。然而就只有眼前這座冰山，不但沒有沾染上絲毫雪白，更猶如水晶般晶瑩剔透。於陽光下，竟然還折射出陣陣令人炫目的美麗彩光，美不勝收。

姚詩雅道：「這座冰山散發出一股淡淡的神之氣息。」

就在眾人爲眼前冰山驚歎萬分之際，幾聲軟糯的叫聲吸引了眾人的注意力。

結果卻發現這萌度十足的聲音，竟然來自變小了的神獸。想到狻猊那恐怖的音波攻擊，眾人不禁再次感嘆，變身後的小白獅反差實在太大了！

只見狻猊輕巧一躍，便引領往那座與眾不同的冰山走去。

「似乎這座冰山正是蠱獸的封印地。」白銀抬頭看向色彩斑斕的美麗冰山，心想初代神子創作神獸的品味雖然不怎麼樣，然而封印地倒是設計得美輪美奐。

「……該不會要我們爬上去吧？」看到狻猊來到冰山前面，便伸出爪子開始往上爬。宋仁書憂心忡忡地抬頭看著這座高不見頂的冰山，不禁暗自抹了一把冷汗。

此刻他無比想念紫霞仙子，記得當年他來到極地時，完全是紫霞仙子把他直接傳送至蠱獸封印的位置。甚至神子知道他受不了冰雪與嚴寒，還用神力把他這個文弱書生全程保護著。

祐正風道：「沒記錯的話，蠱獸的確是封印在冰山的上層沒錯。」

左煒天摸了摸冰山滑溜的表面道：「這座冰山地勢險要，而且濕滑無比，萬一遇上風雪的話，連輕功也不管用，只能一步步走上去了。」

聞言，宋仁書立即發出毫無形象可言的淒厲悲鳴。

姚詩雅聞言也愣住了，在旁的葉天維默默握住少女的手，隨即淡然說道：「我們只是來確定蠱獸是否已經不在，這冰山晶瑩剔透，裡面有沒有封印著東西已一目瞭然，也犯不著眞的走上去了。」

葉天維說得有理，很快便獲得眾人的認同。姚詩雅把狻猊喚回來後，一行人便開始尋找著附近有沒有佟氏一族殘留的蹤跡。

琉璃眨動著琥珀色的雙瞳四處張望，隨即雙目一亮，指了指冰山山腳的一個小角落。「那是什麼？」

順著少女指示的方向看去，只見冰山被打出一條巨大的通道，通道四周圍滿符咒，透露著詭異的氣息。

照理說，即使看不見冰山上的通道，但黃色的道符卻很明顯，眾人不可能沒發現。但這個貼有道符的區域卻很奇怪，所有人的視線掃過時都會不由自主地無視這裡的異狀，要不是琉璃有所發現並指了出來，也許這些東西便會被忽略。

「小琉璃，妳是怎麼發現這些東西的？」白銀奇怪地看了少女一眼，這些符咒與通道，就連擅長暗器、擁有一雙好眼力的他也無法察覺。

琉璃攤開雙手，一臉無辜地說道：「我怎麼知道？我還在奇怪你們爲什麼看不見呢！」

聽到琉璃的話，眾人皆露出了奇怪的神色。他們總覺得琉璃有所隱瞞，可是當事人都這麼說了，他們也沒有反駁的理由。

符咒是被人用銀鏢釘在冰壁上的，難怪以極地的強勁風雪，過了好些日子後仍能留於原處，沒有被吹走。

看到這些銀鏢的瞬間，白銀「噫」了聲，上前把其中一支銀鏢拔出，放在手裡把玩著，一臉若有所思。

白銀把銀鏢拔出的同時，也順手將符咒取了下來。沒想到，被姚詩雅抱在懷裡的狻猊，卻朝道符發出憤怒的咆哮。雖然神獸變成嬌小的身軀，但當牠動了真怒，使出夾雜著神力的獅吼時，仍舊有著懾人心魂的威嚴。

在神子安撫下，小白獅逐漸平靜下來，只是一雙虹色眼眸卻仍死死盯住冰山上的通道，雪白的鬃鬚竟隨著牠的心情膨脹了些，看起來就像一隻炸毛的貓兒。

看了看釘在冰壁上的符紙，琉璃一雙大大的眼睛靈動一轉，道：「這些符咒包括了隱藏氣息與連接空間的咒文、爆破用的雷符，還有不讓結界自動復原的凝冰咒。佟氏一族這麼多年來似乎也沒有閒著，使用符咒的人顯然是法術界的高手。」

宋仁書聞言，向少女舉起了大拇指，道：「琉璃姑娘對符咒所知甚詳呢！」

有了左煒天的相助，宋仁書已經完全不怕這些深厚的積雪了。自從來到極地以後，兩個大男人便經常維持著這種可笑的連體嬰狀況，每次看到都令人感到哭笑不得。

而大家都沒有說出口的是，看左煒天變得愈來愈輕易妥協的狀況，似乎愈發有被宋才子吃得死死的跡象？

「我對符咒是滿熟悉沒錯，因爲我也在學習咒術。」甜甜一笑，琉璃坦然承認道：「師伯教導我與師弟劍術，而師父所教授我們的，正是咒術。」

聞言，祐正風眼神一凜，道：「以琉璃姑娘的劍術造詣看來，妳的咒術想必也

同樣不凡吧？」

琉璃吃吃笑道：「你們不用繼續試探我了。我承認之前詩雅姊姊還不太懂操控神力，以及後勁不繼之時，都是我使用師父所教授的祕法，幫忙把詩雅姊姊的神力引導出來的。」

除了姚詩雅這個當事人，心細如髮的祐正風也察覺到每次當姚詩雅的神力枯竭時，琉璃有意無意間的觸碰，總能讓神力再次變得盈滿起來。現在琉璃直截了當地承認是自己動了小手腳，倒是解開了祐正風一直以來的疑惑。

只有葉天維露出了怪異的神情，然而這不自然的神色稍瞬即逝，誰也沒有注意到青年的異狀。

很快地，大家便把討論的焦點再次拉回到白銀手裡的銀鏢上。

「嗯？怎麼我覺得這些銀鏢好像似曾相識？」看著這支在陽光下閃爍著光芒的銀鏢，琉璃努力回想，卻一時想不出到底在哪兒看過。

眾人不約而同地把視線投向向來觀察入微的祐正風，卻見青年歉意地搖了搖頭，道：「確實，我也有種熟悉感，但卻想不起曾在哪見過這種銀鏢。」

「奇怪，我也有這種感覺。」就連向來不注意細節的左煒天，也表示出對這些銀鏢莫名地熟悉。

令人驚訝的是，就連對武術一竅不通的姚詩雅和宋仁書，竟也表示曾看過這些銳利的銀鏢。

「葉兄呢？看到這些銀鏢，你有什麼想法嗎？」最後，眾人轉向還未對此表態的葉天維。

怎料青年竟勾起一個充滿殺意的笑容，冷然說道：「感想嗎？想殺人吧！」

所有人聞言皆愣住了，只有白銀很不合時宜地哈哈大笑，道：「原來那時你已經來到沐平鎮，還躲在旁邊偷看了嗎？早知如此，當時我就不出手了。」

聞言，機敏的琉璃與宋仁書同時露出了恍然大悟的神情。

琉璃嫣然一笑，悠然說道：「還好葉師弟有師命在身，為免節外生枝，一直忍耐著沒有洩露行跡，不然那時候我就釣不到那條傻魚兒了。」

宋仁書則是取過白銀手裡的銀鏢把玩著道：「原來是『那個人』啊！難怪總覺得這銀鏢給人一種熟悉感。」

白銀也收起了嬉皮笑臉的神情，神情嚴肅地點了點頭道：「是的，是『他』的東西。」

「當時我已覺得『他』不是好人了。」

「看『那個人』助紂爲虐，果然不是善男信女，只是想不到竟會與佟氏一族有關係。」

左煒天聽得一頭霧水，終於忍不住爆發了，道：「到底『那個人』是哪個人呀？『他』又該死的是誰？拜託你們說清楚一點吧！老是在打啞謎，讓人完全聽不懂！」

「嘖！對方是誰不是很明顯了嗎？看我與琉璃姑娘他們都猜到了。所以平常我老是叫你多動腦筋，不然……」本來意氣風發地嘲笑著左煒天的宋仁書，卻在對方作勢要把輸送內勁的手抽出後，立即態度來個大轉變，一臉陪笑地說道：「我們在說的人，就是那個在沐平鎮遇上的張老頭啊！事後我特意打聽過，他是白陽教棄徒，後來投靠了林門，受林子揚賞識而跟在他身邊。」

聞言，左煒天等人皆露出恍然大悟的神情。

張老頭的銀鏢以祕法打造，裡面混雜有微量的天河沙，泛著特別的銀白光亮。祐正風訝異地看了看葉天維，道：「原來那時候葉兄也在場嗎？」既然青年能夠認出這些銀鏢，也就是說當時對方也身處現場，目擊了張老頭出手那一幕，怪不得白銀會那麼說了。

「既然這些是張老頭的銀鏢，那林門牽扯進來的機會便很大了。」祐正風不禁苦笑，單是神出鬼沒的佟氏已讓他們疲於奔命，現在還多了林門這個武林中的大門派，這讓人不得不感到憂慮。

宋仁書倒是對這些層出不窮的狀況麻木了，很看得開地聳聳肩，道：「光是看那個林子揚的所作所爲，便可看出林門的囂張與氣焰。何況他們一直想推垮的白家莊少主現在與我們一路，林門會選擇幫助佟氏一族，也不是什麼奇怪的事了。」

「不。」白銀只說了一個字，便引得眾人「刷刷刷」地把視線轉往他身上。只見他收起了嬉笑的神情，滿臉嚴肅地搖首說道：「這次的事情很奇怪，非常不尋常。」

被白銀的話引起興趣，葉天維挑了挑眉，問：「此話怎說？」

「也許各位對於林門的現任家主林鵬不太了解。那個林子揚雖然是個草包，可是他的父親卻是個厲害的狠角色，爲人霸道，野心又大，而且手段狠辣。先前的林門只是個中等門派，可是在他接手以後，數十年間便把林門發展成一個足以威脅白家莊的大門派。」

白銀頓了頓，續道：「林鵬是個很驕傲自負的人，他絕不會允許林門成爲任何一方的附屬。然而傳說中的佟氏一族卻也同樣高傲，而對權力的執著更是到達瘋狂的地步。我不認爲林門與佟氏能夠把對方視爲同等地位的合作伙伴，又或是其中一方願意屈居爲下屬。除非……」

「除非是其中一方被併吞了。順帶一提，個人認爲是林門。」宋仁書反應很快，立即聽出了重點，道：「因爲林門有林子揚這個弱點。」

「宋兄說得沒錯。看林子揚那副德行，的確是那種被人賣了還會替對方數錢的人。說不定佟氏向他許些好處，那傢伙連親爹也會出賣。聽說林鵬從小便看不上這個草包兒子，總是對他又打又罵，甚至還打算從旁系血親中過繼一名出色的來當養子，將來讓養子繼承林門，以免林門毀在兒子手裡。林子揚爲了此事已與林鵬吵過很多次，父子間的關係可是很惡劣呢！」白銀說著說著，竟開始說起林門的八卦來。

「可是在背後插刀也是講實力的，以林鵬的能力，還會被那個草包兒子暗算到嗎？」想到林子揚那一臉淫賤無能的樣子，左煒天便不禁露出輕蔑不屑的神情。他素來最厭惡的就是這種沒有實力，單憑優異的出身到處作威作福的名門子弟。

素來以嘲諷左將軍爲樂的宋仁書，立即裝模作樣地大大嘆了口氣，道：「所以我就說二哥你笨，既然林子揚是他兒子，而且還是個讓他素來看不起的無能兒子，林鵬又怎會提防他？再加上有佟氏一族幫忙的話，從內部擊破，往往是最快捷、也

最有效的方法。」

「確實。」祐正風點了點頭，道：「雖然我們至今所說的都只是猜測，但保險起見，在把事情弄清楚以前，還是先把林門視為敵人，小心戒備。」

祐正風的提議很中肯，對於這一點，眾人自然沒有異議。

眾人再仔細搜索了好一會兒，確定四周再也沒有新的線索後，琉璃便把注意力投放至那條被符咒開拓出來的通道，一臉躍躍欲試地道：「我們要進去看看嗎？」

聽到琉璃的話，早已悶得發慌的小白獅立即一改昏昏欲睡的神情，一馬當先便往通道跑去。

姚詩雅正要把狻猊喚回來，琉璃卻笑道：「由牠去吧！狻猊身為神獸，比我們熟悉極地的環境，讓牠先去探探路也好。」

狻猊離開不久，通道便傳來小白獅那軟糯的叫聲。

「看來裡面並沒有什麼危險。」葉天維牽著姚詩雅的手，二人率先走進符咒開拓的通道裡。

身爲臣子的祐正風，以及手牽著手的左煒天與宋仁書，見狀連忙尾隨神子進去。

此時，停留在通道外的人只剩下白銀與琉璃這雙少年男女。白銀笑嘻嘻地向琉璃伸出了手，故作漫不經心地說道：「好羨慕大家也能牽著手進去呢！不知道我有沒有這個榮幸？」

雖然白銀努力表現出一臉淡然，然而認識對方許久，琉璃仍能看出少年隱藏著的緊張與企盼。

「可是我懂輕功，根本不怕地上的積雪……」

說出了充滿拒絕意味的話後，果見白銀臉上忍不住浮現失望的表情。

下一秒，一隻溫暖又柔軟的小手卻輕輕握上了白銀正想收回去的右手。

面對白銀訝異又驚喜的眼神，琉璃俏皮地皺了皺鼻子，吃吃笑道：「雖然積雪對我沒影響，可是牽著手的話比較溫暖，好像也很不錯呢！」

□

隧道遮擋了外界的寒風，眾人發現明明冰山由寒冰組成，可冰山內部卻比外界更爲溫暖。整座冰山猶如水晶般剔透，從內部看出去，冰中的極光變得更爲迷幻炫目。

地上的積雪愈來愈少，取而代之的是濕滑的冰塊。一行人使用輕功於冰上滑行，很快便來到了通道的盡頭。

原來這座冰山是空心的，內部是一個巨大的空間，正中央有著數十條連接地面與山頂的擎天巨柱。這些與冰山同樣透澈的冰柱，即使最小的也足有二、三十人才能環抱一圈的大小。這些透明的巨柱讓一行人能夠清晰地看到封印在裡面的，全都是毫無氣息的蠱蟲。

至於位處中央、體積最爲巨大的冰柱，則是封印著蠱獸的地方。可惜與其他冰柱不同的是，一道巨大的裂縫從冰柱下方一直往上延伸，這道外型像閃電似的縫隙，在冰柱上造成一個搶眼的大缺口。封印在冰柱裡的蠱獸顯然就是從這裂縫中逃脫出來的。

「當年我們只是在外面觀看，想不到冰山內部原來是這模樣。」宋仁書驚歎地看著這些巨大的冰柱，隨即嘆了口氣，道：「果然，那頭上古蠱獸真的逃掉了。」

雖然早已有了充分的心理準備，但親眼見到結果，眾人還是感到一陣慌亂與擔憂。

「看！又是這些飛鏢與符咒！」琉璃指住裂縫的邊緣，驚呼道。

左煒天隨手拔下一道符咒，卻換來琉璃與葉天維的齊聲阻止：「別亂碰！」

連忙把手裡剛拔下的符咒丟開，左煒天向二人聳了聳肩，道：「太遲了。」

就在符咒被拔出的瞬間，數十張符咒同時燃燒起來，更由一開始的小火焰，迅速變成熊熊大火。

「原來如此，冰柱上的狹縫是由火行咒強行打出來的。」琉璃一拍手，恍然大悟地笑道。見狀，拉著少女避開火舌的白銀不禁苦笑道：「小琉璃啊，我知道妳很好奇對方的手段，但現在還是先離遠一點吧！」

火焰逐漸形成複雜而美麗的火焰紋路，冰柱不斷被消融、落下，葉天維小心翼翼地將姚詩雅護在懷裡，一邊惡狠狠地往左煒天那邊瞪去，道：「這個白痴！」

看出這些紋路所代表的意義，琉璃向左煒天嫣然一笑，道：「是連環咒術……左將軍，恭喜你，你觸動到很不得了的陷阱呢！」

少女的話才剛說完，彷彿爲了印證她的話一般，在連結起來的火焰紋路中，倏地平空飛出一群火鴉！

火鴉赤紅的羽毛閃耀著火光，這些妖物每一頭都散發著烈火般的火與熱。鴉群拍動翅膀所帶起的腥風，以及沙啞嘈雜的鳴叫聲，令人心情不由自主地浮躁起來。雖然數量只有十二頭，卻聲勢浩大，一時攻得神子一行人措手不及、手忙腳亂。

火鴉這種妖物比九尾銀狐還罕見，牠們能在雙翼拍動間向敵人搧出火焰，尖銳的嘴巴及雙爪比鋼鐵更堅硬。面對迎面而來的劍刃，牠們全都毫不畏懼地用鳥爪來擋，銳利的劍刃竟也無法對牠們的雙爪造成分毫傷害。

白銀重施故技，以擊殺九尾銀狐的方式，射出暗器直取火鴉雙目。然而擅長高空作戰的火鴉終究不同於九尾銀狐，在少年擊斃了兩頭火鴉後，牠們便有所防備，拍動著翅膀與白銀保持距離。冰山內部寬敞，牠們想飛多高便能多高，偶爾搧些火球下來，眾人一時之間倒是對牠們無計可施，只能在地上連連閃避。

看到地面上人類無能的樣子，火鴉群發出嘲弄般的沙啞叫聲。然而下一秒，牠們卻再也「笑」不出來了。

空中劃過一白一銀的殘影，以極快的速度往降低了警戒的鴉群衝去！

火鴉群頓時大亂，兩頭被白彗與銀雪直接擊中的火鴉，猶如斷線風箏似地直直往下墜落。只見雙鷹展現出猛禽的凶悍，在空中與剩下的八頭火鴉展開激烈戰鬥。

被突襲衝散了開來，自顧不暇的火鴉不再理會地面上的人類，注意力全數放在兩頭獵鷹身上。琉璃拍了拍小白獅的額頭，氣勢洶洶地指向空中混戰著的火鴉群道：「小傢伙，你好歹也是神獸，別呆站在這裡不幫忙。把這些傢伙吼下來吧！」

狻猊咧了咧嘴，瞬間恢復了原來的大小，張開滿是獠牙的巨口，舉頭便向火鴉轟以注滿神力的獅吼。

白銀吹了兩聲短促的哨音，那是讓獵鷹撤退的訊號。訓練有素的獵鷹立時撤走，留下了莫名其妙的火鴉群接受狻猊的吼聲洗禮。

「師弟，寒冰咒！」

葉天維聞言毫不猶疑地把玄鐵劍往掌心一抹，隨即便將染上鮮血的黑刃往冰柱插去！

在冰柱上燃燒的火焰瞬間熄滅，本來呈圓柱狀的冰柱頂端散開一張冰網，看起來就像冰雪化成的紙傘。

被狻猊吼聲震得掉從空中下來的火鴉，一觸及這張冰網，便盡數結成寒冰！

第八章　姚家鉅變

當姚詩雅遠遠看到姚府大門前掛著白燈籠時，少女立即刷白了一張臉……

「想不到這些火鴉竟然如此難纏。」雖然火鴉已全數被冰封，可每想到牠們朝眾人叫囂時的囂張神情，左煒天的臉色就變得很難看。

相較於左將軍那張明顯臭了起來的臉，在他保護羽翼下的宋仁書倒是安心地吁了口氣。對宋仁書來說，只要能夠擊退火鴉就好了，比起不值什麼錢的武者自尊，他還是覺得自己的小命比較重要。

與左煒天不同，同爲武將的祐正風倒是很看得開，還反過來安慰沮喪的兄弟道：「每人都有自己擅長的地方，這裡的地理環境對空中戰太有利了。若是在準備充足的狀況下，這些妖物就無法如此威風了。二弟，你不是擁有一身不輸於劍法的箭術嗎？」

聽到祐正風的話，爽直的左煒天瞬間便振作過來，甚至還有點得意忘形地直嚷：「對！若我有弓箭在手，哪還容得下這些火鴉在此放肆！」

「幸好這次有白彗與銀雪在，眞是幫了我們大忙呢！」宋仁書滿臉欣羨地看著兩頭飛鷹，他也好想飼養一頭來當護身符啊。「這些獵鷹連火鴉也能擊殺，牠們並不是尋常猛禽，對吧？」

其實在白家莊時他已經察覺到，雖說白家莊擅長訓練飛鷹，可是這兩頭獵鷹的實在比其他同伴優秀太多了。這次還能與妖物打個平分秋色，怎麼看也不會是尋常猛禽。

琉璃歪了歪頭看著雙鷹，感覺到主人的視線，正在白銀頭上耀武揚威的白彗隨即一改囂張的模樣，乖巧地飛回少女的肩膀上。流暢的動作像是印證了牠的名字般，彷如劃過天空的一顆白色彗星。

漫不經心地輕撫著白彗那更勝初雪的純白羽毛，琉璃回憶起與這兩頭飛鷹的相遇，道：「我也不太清楚，不過這兩個孩子的來歷確實有點與眾不同。牠們是我與小白在楚天霸攻打白家莊時於鳥巢撿回來的，那時候牠們還是未睜眼的雛鳥。」

「楚天霸？就是那個曾與白家莊及林門齊名、卻於一夕之間覆滅的楚家家主？」宋仁書瞪大雙目，想不到事情竟會忽然扯上這名武林霸主身上。

「對啊！」無視眾人訝異的神情，琉璃露出了毫無緊張感的輕鬆笑容，道：

「那時候我們被飛禽的悲鳴聲吸引，便躍上木屋的屋簷察看。只見一頭中箭垂死的飛鷹倒在瓦片上，沒多久便斷氣了。箭頭清楚地刻了楚家的家徽，也不知道楚家這個大門大派與一頭飛鷹計較什麼。」

哼了聲，若不是遇上她與白銀，失去母親的兩頭小鷹大概活不到現在了。一想到這兒，琉璃便感到惱怒：「從小便看著師兄師姊馴鷹，白銀一眼便認出這是頭正在育兒的母鷹。我們猜測中箭的母鷹是在飛回巢穴的途中不支倒地，運氣好的話，鳥巢也許就在屋簷附近。結果四處查探了一會兒，果然在不遠處的大樹上找到母鷹的巢穴，以及兩頭毛茸茸的小鷹。」

「師姊，妳是說……兩頭？」正被神子治療著掌心傷口的葉天維，敏銳地捕捉到琉璃話裡的特異之處。

「對，兩頭，很奇怪吧？」白銀笑嘻嘻地搭話道：「這種飛鷹都有一個殘忍的天性，母鷹會生下兩枚蛋，雛鳥孵化後便會進行無情的生死決鬥，強壯的那頭會把弱小的推下鳥巢摔死。然而當我們發現鳥巢的時候，兩頭小鷹不但相安無事，還很親密地窩在一起取暖。」

「現在回想起來，這兩個小傢伙自小便通曉人性，訓練也從沒讓我費心。有時候，我真的覺得牠們像神獸一樣聽得懂我們說話呢！」白銀的話才剛說完，銀雪便溫柔地低鳴了聲，彷彿輕柔地回應著少年的話。飛鷹雪白羽毛上的銀色花紋，於陽光下閃耀出美麗的光輝，讓姚詩雅看得一臉神往地道：「真漂亮……」

神子的話一出，狻猊便立即散去了所有神力，變回白白胖胖的小白獅模樣，往姚詩雅跑去。掛於脖子上的銅鈴隨著奔跑的動作而叮噹作響。

見到小白獅這副討好賣萌的神情，姚詩雅笑著點了點對方濕潤的鼻子，道：「瞧你的醋勁多大！對於銀雪與白彗，我只是單純的欣賞罷了。你才是我的座下神獸，這一點我當然是知道的。」

看著神子與狻猊親密無間的樣子，祐正風微微一笑，隨即歉意說道：「只怕我們的旅途要終止了。雖然尋找姚樂雅姑娘很重要，然而蠱獸重新現世，可是關乎整個花月國的安危。我們必須護送神子回碧華殿中，以免遭到佟氏的毒手。」

聽到要把尋找姚樂雅的事情擱置下來，姚詩雅立即便想要反對。然而她也知道此刻的狀況不容許自己任性，從她繼承了紫霞仙子一半神力的那天起，她的性命已經不是只屬於她一人，而是屬於整個花月國的所有子民。

現在神力一分爲二已經夠混亂了，要是她這個新任神子還要添亂的話，可就成爲花月國的千古罪人了。

姚詩雅雙唇微啓，最終卻說不出任何反駁的話語，黯然地點了點頭。

身爲武林中人，白銀對這事情卻另有一套看法，道：「若敵人單單只有佟氏一族，確實如祐兄所言，把姚姑娘帶回碧華殿藏起來比較妥當。可是別忘了，神子只有在全盛時期才有擊敗蠱獸的能力，只有一半神力是沒有勝算的。與其在碧華殿坐以待斃，倒不如在此以前全力取回剩下的神力，這才有與敵人一戰的可能。」

支持姚詩雅回碧華殿的宋仁書，詞鋒銳利地反駁道：「想當初，我們之所以會讓神子同行，一方面是因爲不知道蠱獸已脫離控制；另一方面是考慮到神子想要尋找妹妹的心情。現在情況有變，實在不宜再讓神子涉險了。這種非常時期，回到碧華殿後只要獲得一眾大臣贊同，再舉行祭祀稟告天神，應該便可以打破歷代的規定，利用國家的力量尋找另一位神子。」

葉天維則顯然較認同白銀的意見，他道：「等你們這些大臣達成共識，也許另一名流落在外的神子已被佟氏先一步找到了。我不贊成讓詩雅回碧華殿，你們根本無法保證她的安全，那是看似安全，實質上卻消極的做法。回到宮殿只是讓她成爲顯眼的目標而已，讓詩雅留在外面，進退攻防間的彈性反而大得多。」

一時間眾人分成了兩方意見，最終皆不約而同地把視線投向還未發表想法的左煒天身上。

感受到四方而來的壓力，左煒天無奈地表示道：「其實我兩者都可以啊！神子回到碧華殿至少能有大軍保護，可是先一步尋找另一名神子也是刻不容緩，所以……我棄權可不可以？」

「牆頭草。」宋仁書立即嘖了聲，並附上令左將軍火大的評價。

白銀轉向一旁笑盈盈看著他們討論的少女，道：「那，小琉璃覺得呢？」

「不願置評。」

「喂喂……」

琉璃攤了攤手，淡淡地說道：「反正這是朝廷的事情，不是嗎？何況我們也該道別了。」

想不到沒有加入討論的琉璃，竟然懷著與眾人分道揚鑣的心思。一時所有人都被驚呆了，心想她還眞的是不鳴則已，一鳴驚人啊……

被眾人目瞪口呆的模樣逗得笑了出來，琉璃俏皮地眨了眨眼睛，道：「有必要如此驚訝嗎？本來我就只是看事情有趣，才與大家走在一起而已。現在見證了新任神子誕生，神獸也看過了，也是離開的時候了。」

說罷，琉璃更即席向眾人拱了拱手，道：「你們接下來的討論如此機密，小女子實在不宜與聞。既然已把話說開，我們就在此道別吧！」

「……」宋仁書等人心裡不由得吐槽：不就是妳這個小女子老是慫恿神子涉險嗎？而且妳什麼時候知道要避嫌了!?

不過少女說的話也沒錯，確實一開始琉璃這個奇特的小姑娘本就不是與他們一路，可是因為一路上一直有少女的同行，她的存在逐漸變得理所當然。

雖然有時候也會因她那神祕的來歷而納悶，可是不得不承認，在這段路程中眾人已把她視為同伴，並且習慣了她的存在。此刻驟然聽到她要離開的消息，大家皆感到一陣慌亂。

但琉璃本就只是個半途插進來同行的陌路人，現在對方主動想要離開，眾人倒也不便挽留。

於是一行人向琉璃拱了拱手，真誠地說道：「既然如此，我們也就不強留了。琉璃姑娘，後會有期。」

□

琉璃的離去出乎眾人預期，同樣地，白銀決定留下來也讓大家感到訝異。

當眾人以為白銀會尾隨琉璃而去時，少年卻道：「我還是留下來與大家一起護送神子回碧華殿吧！蠱獸出世可是大事，而且從先前的種種跡象看來，佟氏似乎想要先從掌控武林開始，進而再控制花月國。要是讓佟氏一族壯大起來，對武林來說也是場浩劫。白家莊絕對不會置身事外的，這段時間我會與各位一起行動。」

一行人不禁對眼前的少年肅然起敬。畢竟白銀對琉璃的心意實在是清楚得誰都看得出來。難得最近二人的關係有所進展，少年卻沒有沉迷於兒女私情，懂得以大局為重的道理。如此放得下的心胸，以及對形勢的判斷力，讓人不得不佩服。

繼續留在極地也找不到其他有用的線索，經過商議後，眾人還是決定先護送神子回碧華殿。

既然已有所決定，神子一行人也就事不宜遲，離開了寒冷的北方極地，往花月國的權力核心——碧華殿前行。

自己再也無法親自尋找小妹雖然難受，但姚詩雅並不是不識大體的女子，便應允了眾人的決定，同時亦提出途經姚家時，希望能夠順道回家看看。

了。

姚詩雅一直記掛著脫隊的姚紫雅，擔憂這名刁蠻的姊姊不知是否已安全回到家了。

想當初祐正風他們實在被姚紫雅煩怕了，雖說是對方主動離開，可是他們特意不挽留也是事實。姚紫雅的性格雖然討厭又任性，可終究是名沒有自保能力、嬌生慣養的千金小姐，因此祐正風等人一直對姚紫雅存有一份歉疚。

而姚家位於東方邊緣，地近王城，前往姚府浪費不了多少時間，姚詩雅的請求合情合理，因此眾人也就答應下來。

可是誰也沒想到，才離開不久的姚家，當眾人再次回去時，竟出現了翻天覆地的變化！

當姚詩雅遠遠看到姚府大門前掛著白燈籠時，少女立即刷白了一張臉，腳步更是踉蹌得差點兒便軟倒在地。

扶住惶然失措的戀人，葉天維的神情頓時嚴肅起來。看著眼前的陣仗，他知道姚家必定出大事了。

「不會的……怎麼可能？難道是姊姊她……」姚詩雅失神地喃喃自語。葉天維知道這個時候任何安慰都是沒有意義的，他只能緊緊環抱住少女的肩膀，支撐著她慢慢走至姚家大門前。

宋仁書等人的表情也凝重起來，誰也想不到迎來的會是這種狀況。

白銀越過姚詩雅，率先來到數名護院的身前，道：「抱歉，看姚府大門掛有白燈籠，請問一聲是姚家中的哪一位過世了嗎？」

雖然白銀問得唐突，然而護院見少年年紀不大，加上長得眉清目秀的，讓人存有一份好感，最終也向白銀作勢驅趕地揮了揮手，道：「哎，哪來的小鬼，竟然管事情管到了姚家頭上？不要說我老林沒警告你這小子，老夫人剛急病過身，你這樣子亂說話，小心被人聽到後惹來一頓毒打！」

另一名較爲年輕的護院則是忿忿不平地拉了拉一身素衣，道：「唉！老夫人一死，我們這些下人也要全體穿喪服，眞是觸霉頭！我本來打算月底與小美成親的，現在也要延期了……咦！二、二小姐！」

年輕護院抱怨的話才說到一半，便驚嚇地發現尾隨白銀走過來的數人中，其中一人竟是姚家二小姐姚詩雅！青年頓時嚇得魂飛魄散，剛才那段大不敬的話，顯然已被二小姐聽去了。

只見姚詩雅白了一張俏臉，紅紅的眼眶裡是強忍著不掉下來的淚珠，看起來實在楚楚可憐。少女也沒有追究那名年輕的護院，只是悲傷地說道：「我離開的時候娘親還好好的，爲什麼會如此突然？」

聽到姚詩雅這麼說，那名年輕護院張了張嘴，似乎想要說什麼，老林卻已搶先說道：「回二小姐，老夫人的事情，我們這些做下人的並不清楚。老夫人的事全是由陳總管一手包辦，小的現在立即去喚總管過來。」說罷，男子便拉起年輕護院轉身找人去，另外幾名護院則把神子一行人迎進大堂裡。

老林走到直至看不見姚詩雅等人的身影，這才一掌往年輕護院的腦袋拍下去，忿然責罵道：「眞是個不機伶的小子！我就知道你會忍不住，也不想想這種事情被二小姐知道還得了？」

年輕護院自從獲得姚家錄用後，便一直都是老林在照顧，男子可說是年輕護院的半個師父了。知道對方的舉動是出於善意，青年並沒有生氣，只是按住被打的頭小心抱怨道：「反正二小姐總會知道的，這件事情根本瞞不了人。」

「白痴！二小姐知道是一回事，由你的嘴巴說出來又是另一回事。現在大小姐是當家了，兩人又是親姊妹，二小姐根本無法拿她怎樣。萬一二小姐把怒火遷怒到下人身上，事情經由你的嘴巴說出來，首當其衝倒楣的人絕對是你啊！」

青年縮了縮身子，道：「不會吧？二小姐平常對我們這些下人一向不錯的。」

老林搖首嘆道：「唉！所以我就說你們這些小夥子太嫩了。誰能夠猜測到主子的眞正心思呢？我們只是下人，做好自己的分內事就好了。」

被老林恐嚇了一番，年輕護院也不敢繼續逞強了。畢竟，老林在姚家做了二十多年護院，聽前輩的話準沒錯。

姚家的總管名叫陳永年，年輕時是與姚老爺一起長大的書僮。姚老爺營商後，便派他負責管理貨物來源，怎料卻意外地挖掘出他的管理天賦，竟把各方面都打理得井井有條。

當姚老爺去世後，陳永年便乾脆當起姚家的總管來，幾乎宅院大大小小的事情都是這名出色的總管一手包辦，雖然名義上是姚家的下人，可是就連老夫人在世的時候，也對這名總管恭恭敬敬的。

由於姚詩雅自小便體弱多病，陳永年不禁對這名二小姐特別掛心。姚詩雅性子溫婉可人，真心把陳永年視為長輩敬重，因此陳永年也一直將少女視為女兒般疼愛著。聽到護院說姚詩雅回來了，陳永年便立即放下手裡的事務，來到大堂迎接。

遠遠便看到少女悲傷不已的神情，陳永年嘆了口氣，心道對方顯然已知悉老夫人逝世的事，只是卻不知道少女到底對內情了解多少。

「二小姐。」陳永年快步走至，彎腰行了一禮。

扶起陳永年，姚詩雅輕聲說道：「陳叔，請不用多禮。我剛聽說娘親過世，我想到靈堂去看看她。」

陳永年露出了為難的神色，道：「呃……這是當然的。只是……二小姐，我就老實說吧。即使二小姐到了靈堂也看不到老夫人的，因為老夫人的遺體……已經被火化掉了。」

眾人聞言皆愣住了，左煒天的反應最直接，劈頭便是一句：「不是說姚老夫人剛剛才急病過世嗎？」

東方的氣候溫和怡人，不冷也不熱，可是此刻陳永年的額上卻滿布汗水，只見他硬著頭皮說道：「因為怕老夫人的遺體會傳播疾病，所以……」

宋仁書與祐正風對望了一眼，問道：「姚老夫人是死於瘟疫？」

「……不是。」

「陳叔，不用說了。請帶我們至靈堂，我想先為亡母上香。」姚詩雅吐出冷漠的話語，面無表情的臉龐讓人猜不出正在想什麼。

「各位請。」陳永年也不再多說，心裡微微嘆口氣，知道姚家從此多事了。

第九章　下毒

烏雲遮掩著明月的晚上，一名身穿夜行衣的少女翻越了姚家的圍牆……

雖然宋仁書等人對老夫人沒有什麼好印象，但既然人已來到靈堂，加上看在姚詩雅的份上，他們還是奉上一炷清香聊表心意。

眾人不禁感慨，回想他們先前到姚家作客，那時候老夫人是如何地意氣風發。誰又會想到不足一年再度探訪姚家時，對方卻已然病逝？

即使是大剌剌、沒啥機心的左煒天，也察覺出姚老夫人的去世並不單純。印象中，老夫人身體一向硬朗，說她急病而死實在奇怪。更遑論老夫人才死去沒多久，姚紫雅便已經迫不及待地早早把遺體火化，簡直就像急於毀屍滅跡一樣，想要別人不懷疑也難。

眾人才剛上香，已然成爲姚家家主的姚紫雅便聞風而至。

看到姚紫雅的瞬間，姚詩雅無法置信地瞪大雙目，想要質問有關自己娘親死因詳情的心思，頓時被新的震撼所掩蓋，不由得把心裡的震驚脫口而出，道：「姊姊妳……成親了？」

根據傳統慣例，女子成親以後會把頭髮盤成髻。因此姚詩雅一看到對方的髮

型，便知道她已為人婦。

到底在她們分別後那短短的數月間發生了什麼事情!?

姚紫雅聞言掩嘴一笑，神情一點兒也看不出母親逝世後應有的悲傷。她道：「對啊！不過最近鄰鎮的店舖出了點狀況，相公過去處理了，有機會我再介紹他給你們認識。」

看到姚紫雅的樣子，不單是姚詩雅，就連白銀等人也驚訝得說不出話來。

只因姚紫雅素來注重門面工夫，他們所認識的女子在這種時候即使不是眞的悲傷，也必定會做個樣子哭得呼天搶地，來展示自己到底有多孝順。

可現在看對方的反應，她表現得既不悲傷，也不在乎。

一股寒意漸漸從眾人的心裡生起。

一個本來注重形象的人，現在卻對此不管不顧了，就連門面工夫也不屑為之。

那代表什麼？

到底是什麼原因讓姚紫雅變得那麼有自信，甚至完全不再在乎別人的看法？又

是怎樣的原因，讓她在母親剛剛去世之際，表現出這種不放在心上的態度？

姚紫雅牽起神子一雙變得冰冷的手，素來對妹妹表現冷淡的她，用著親暱無比的態度說道：「好了，姊姊明白妳有很多疑問。可是各位應該也累了吧？還是先休息一晚，有什麼問題明天再說。詩雅，妳的房間我每天都有命下人打掃乾淨，現在還一塵不染地保留著妳離開時的樣子呢！」

聽到姚紫雅這麼說，姚詩雅只好頷首應允下來。她感到很混亂，還有一陣深深的恐懼。眼前應該很熟悉的一切，忽然變得異常陌生。

不論是姚家，還是姚紫雅！

「啊！抱歉，打擾到大家了嗎？」斯文有禮的嗓音從門外響起，引得靈堂中所有人都回首往發言者看去。

那是名年紀與琉璃相仿的妙齡少女，臉容甚至也與琉璃有七、八分相似。然而那淡雅的氣質及一身鵝黃色衣裙，卻又令人不期然地聯想起逸明堡堡主的獨生女逸嫣然。

「這位是？」看著這名陌生的少女，姚詩雅有點恍然，她本來覺得琉璃長得有點像自己記憶中的三妹，可是這名長相酷似琉璃的少女，竟然更符合小妹在自己心裡的形象，活脫脫就像長大了的姚樂雅。

雖然因爲那一身黃衣和斯斯文文的恬靜氣質，讓她率先想到逸嫣然，可是仔細一想，這性情與淡雅的二娘也很相像啊！

「她是我的小姑，姓王。」姚紫雅只是很簡單地說了一句話便停下了，似乎並不願意把王姑娘介紹給大家。正所謂嫁出去的女兒是潑出去的水，姚紫雅雖然繼承了姚家的生意，但終究是王家的人。看到她這種態度，姚詩雅也就識趣地沒有追問下去。

躺在熟悉的睡床上，姚詩雅卻沒有絲毫睡意。想起回家以後的種種，少女只覺胸口很鬱悶，有種快要喘不過氣的感覺。

姚詩雅看了看透射出門縫的燈火映照出來的倒影，知道葉天維並沒有待在客

房，而是正守在房間外陪伴自己。溫暖的感覺頓時在心裡化開，沖散了令人窒息的鬱悶感。

她從小便認識葉天維，雖然因爲葉家的事情，讓二人分開的時間多，相聚的時間少，但他們的感情卻很深厚。姚詩雅知道葉天維其實是很體貼的，雖然很多事情他從未說出口，但少女卻能從他默默的付出中感受到那份眞心。

披上一件外衣，姚詩雅倚著房門席地而坐。雖然二人之間隔了一道木門，可是少女卻彷彿能感受到木門的另一端，傳來戀人溫暖的體溫。

「怎麼還不睡？」

「睡不著。」

「在想姚夫人的事情嗎？」

看姚詩雅不說話，葉天維淡淡地說道：「詩雅，只要妳希望，我會替妳把事情查個水落石出的。」

「可是把眞相查出來又能如何呢？唉！天維，小妹又不在，我現在只剩下姊姊一個親人了。萬一眞的是姊姊她……我眞不知道該怎麼辦。」

葉天維沒有搭話，他知道姚詩雅此刻最需要的並不是理智的分析，而是一名安靜的聆聽者。

但聞姚詩雅逕自說道：「娘親一直偏愛大姊，卻不太喜歡我。也許是因爲這個原因吧，相較於娘親，小時候的我反而比較親近二娘及小妹。天維……我總覺得一連串的事情都與小妹有關，你覺得……你覺得那名王姑娘，她的相貌與小妹相像嗎？」

葉天維愣了愣，對於姚詩雅的詢問感到很意外。青年仔細回想，其實他對那名姚家三小姐的印象已經很淡薄了。二夫人於姚家地位低微，鮮少外出走動，男子與那名小小的三小姐僅有過數面之緣，早已記不清楚對方長什麼樣子。

反是對那名溫柔美麗的二夫人，葉天維還殘留了一點模糊的印象。想了想，竟眞的與姚紫雅的小姑王姑娘滿相像的。

忽然，一陣細碎的腳步聲從窗外傳來。

「詩雅，妳退開！」警告了聲，葉天維便踢開房門、衝進房間裡。只見少女看著釘在牆壁上的匕首呆呆發怔，至於那名射出匕首的人，卻早已不見蹤影。

拔起匕首，葉天維一言不發地將釘在刀刃下的紙條打開，上面赫然寫著「食水有毒」四字。

烏雲遮掩著明月的晚上，一名身穿夜行衣的少女翻越了姚家的圍牆，以不符合其作賊般打扮的輕鬆姿態，緩步離開姚府。

看到黃衣少女出現時，黑衣少女露出了吃驚的神情。然而這神情卻只是一閃即逝，隨即便見黑衣少女吃吃笑道：「眞巧啊！妳也要離開姚家了嗎？」

黃衣少女冷冷質問：「爲什麼妳總是要阻礙我復仇？」

黑衣少女輕聲說道：「我眞要阻止妳的話，姚夫人就不會死了。只是，我不能眼睜睜看著妳殺死無辜的人。姚家上下數百條人命，我怎能袖手旁觀呢？」

緊盯著對方，黃衣少女一字一字地問：「妳的名字眞的叫琉璃？」

黑衣少女反問：「妳眞的姓王？」

此時一陣涼風吹過，月亮從烏雲後悄悄露出。如果此時正好有路人路過，必定會以爲這二人是親姊妹，只因她們的長相有著七、八分相像。

可偏偏她們不但不是親人，更是敵人，然而卻又有著比血緣更深的牽絆。

黃衣少女率先轉身離開，隨即黑衣少女也舉步往相反的方向走去。即使二人的外貌極爲相像，可是她們卻終究選擇了完全相反的道路。

本應是休憩熟睡的時分，姚詩雅卻莫名其妙地收到一封充滿警告意味的神祕信箋。無論信中所寫的內容眞實與否，她也無法置之不理。

葉天維探頭查看窗外，確定射出信箋的人已經走遠以後，便當機立斷地與神子一起直闖姚紫雅的房間。

「夫人已經睡了，二小姐有什麼事情的話，還是請留待明天再說吧！」想不到二人焦急而來，卻被姚紫雅的貼身丫鬟翠竹阻攔在門外。

翠竹五歲起便跟隨著姚紫雅，是姚紫雅最信任的親信。相較於小時候身子虛弱，又不得老夫人歡心的姚詩雅，翠竹這個丫鬟在姚家裡卻是比二小姐活得更加如魚得水。

早已被姚紫雅寵得目中無人的翠竹，私下面對姚詩雅向來都是沒有好臉色的。現在姚紫雅當家，這丫鬟更是連門面工夫也不做了，仗勢凌人得很，傲慢的神情比小姐更像小姐。

可是這次翠竹卻註定要碰釘子了，姚詩雅早因老夫人的逝世心存悲憤，加上信箋的事情十萬火急，面對翠竹時便沒了以前的包容。

只見素來溫婉的姚詩雅冷起了臉，往翠竹凜然一望，道：「讓開。」短短兩個字，竟讓素來嬌縱的丫鬟生出退縮之意。

翠竹是高傲慣的，在姚家裡，除了老夫人及姚紫雅以外，誰能給她氣受？雖驚訝於姚詩雅的反常，可是仗著有姚紫雅撐腰，翠竹壓根兒沒有把眼前的二小姐放在眼內。

「雖然您貴為神子，但姚家正由我家夫人當家作主，可不容別人放肆！現在夫人正在休息，府中的大小事務便由我翠竹作主，我說夫人不見客就是不見客。請二小姐自重，要我命下人把您請走就不好了。」

葉天維聞言冷笑道：「有趣！區區一個下人也這麼大口氣。別以為妳是女人，我便不會對妳動粗，對我來說，只要是招惹到我的人，不分男女老幼我都不會放過的。妳有膽量便繼續阻擋在我面前，就看看姚家的護院有沒有護著妳的本事！」

葉天維本就不是什麼善男信女，此番威脅的話經由青年的嘴巴說出來，配以葉天維帶有殺意的眼神，直盯得翠竹打了個冷顫，絕不懷疑對方話語的真偽。

翠竹性子雖然惡劣，卻深明見風轉舵的道理，不然也不可能在姚紫雅的身邊混得如魚得水了。

葉天維有多強悍她雖然不知道，可此刻青年就站在她面前，萬一對方真的發起狠來，姚家的護院根本來不及趕過來保護自己。

翠竹可不想吃這眼前虧，她擋住二人本就不是出於主子的命令，只是為了狐假

虎威地享受一下欺凌姚詩雅的樂趣而已。

懷著好漢不吃眼前虧的想法，翠竹狠狠瞪了葉天維一眼以後，最終還是不情不願地道：「我進去向夫人通傳一聲吧！」

這次翠竹倒沒敢造次，進去沒多久，姚紫雅便披著外衣邊打著呵欠，邊從房裡緩緩步出。

姚紫雅本就長得美艷，此刻半睡半醒間的神態尤其迷人，隨意披在身上的外衣遮掩不住凹凸有致的惹火身段。

葉天維依舊冷著一張臉，對眼前的美景視若無睹。似乎在青年眼中，姚紫雅那迷人的風姿與路邊不起眼的石頭無異，勾不起青年絲毫興趣。

姚紫雅美麗的鳳眼閃過一絲陰狠的神色，臉上卻甜甜地笑著揶揄道：「怎麼妹妹與葉公子兩位深夜不去睡覺，卻過來擾人清夢了？」

二人還未來得及回答，一直緊跟在姚紫雅身後的翠竹，卻上前一臉委屈地說道：「二小姐堅持要闖進來，奴婢攔不住她，只得喚醒夫人，請夫人恕罪。」

翠竹這丫頭機伶得很，見姚詩雅二人焦急的模樣應該是有什麼大事，萬一到時候姚紫雅認爲她誤事的話便糟糕了。阻攔姚詩雅這事情與其由對方的嘴巴道出，倒不如自個兒說出來。

趁著主子此刻的心情看起來還不錯，翠竹連忙上前謝罪。可話裡卻完全不提先前對姚詩雅的留難，重點放在對方硬要吵醒姚紫雅一事上，翠竹倒成了忠心護主的忠僕。

以低姿態搶先認錯的翠竹看起來楚楚可憐，果然，她的表現並沒有白費，姚紫雅並沒有責怪翠竹，反而不悅地掃了神子二人一眼。

顧不上姚紫雅的不悅，姚詩雅上前遞上了那封只寫了四個字的信箋，道：「姊，妳看。」

姚紫雅漫不經心地望了信箋一眼，卻在看到信中內容以後，震驚地瞪大一雙美目，久久無法言語。

良久，姚紫雅才總算找回了自己的聲音：「翠竹。」

「是。」

「替我請王姑娘過來，並下令府中上下暫時不要用食水。」

翠竹並不知道信中的內容，可是當丫鬟久了，自然知道主人的事情不要多管的道理。翠竹問也不問緣由，便垂首退下。

見姚紫雅雖然滿臉憤怒，卻沒有應有的疑惑。姚詩雅二人對望一眼，心想姚紫雅對於下毒一事果然並不是茫無頭緒。第一時間便下令翠竹把王姑娘請來，這表示那名清雅斯文的女子若不是擅於解毒的醫者，便是使毒的高手。又或者，最大嫌疑者便是這位王姑娘？

很快地，翠竹小跑著趕了回來。看到翠竹只單獨一人，姚詩雅二人皆心裡有數了。

「回夫人，王姑娘並不在房間。」

「把所有人喚醒，立即調查府內的食物與水源。」

隨著姚家家主一聲令下，整個姚家立即變得燈火通明。下人強忍睡意，檢驗所有食水，就連姚家耕地中的作物，以及用作後備水源的水井也不放過。

祐正風等人也在一片混亂中趕來了。對於這幾名忠誠的臣子與同伴，姚詩雅並沒有想要隱瞞他們什麼。遞上那封神祕信箋後，少女便詳盡地向眾人交代事情的來龍去脈。

然而，沒想到檢驗的結果卻大出眾人預料，一眾下人皆無功而歸。所有食水都仔細驗過了，卻是一無所獲。

祐正風比較謹慎，便問道：「天下間無奇不有，說不定有些怎樣也檢驗不到的奇毒……」

宋仁書提議道：「何不放兩尾魚進水井看看？」

眾人一聽，都覺得是個好主意。

但試驗的結果卻仍是什麼也驗不出來。兩尾於井水中游動的鯉魚，過了好一會兒仍是生龍活虎。

左煒天皺了皺眉，道：「似乎只是虛驚一場。」

看下人要把盛放鯉魚的木盆拿走，白銀伸出手，食指一點便將家丁粗壯的手臂壓下幾分，道：「別忙，還是再等一下看看。」

想不到眼前的清秀少年竟然只憑一隻手指，便讓自己的手臂抬不起來。男子驚訝地睜大雙目，卻不敢擅自放下木盆，請示般把詢問的眼神投往姚紫雅身上。

姚紫雅略帶不悅地說道：「白公子未免太多疑了，若井水眞的有毒，這兩尾鯉魚又怎會沒事呢？」

白銀笑嘻嘻地把手再壓一壓，那名高大的家丁吃力地掙扎幾下後再也支持不住，把手中的木盆放回地上，彷彿這木盆有著千鈞之重。

少年露出了惡作劇般的笑容，然而話裡的內容卻讓人心寒，與那副吊兒郎當的樣子相距甚遠。「鯉魚之所以沒有立即死亡，或許是因爲對方的目標，是姚家上下數百人的性命，一個活口也不想留下。」

白銀的話一出，聰敏的宋仁書立即露出了恍然大悟的神情。祐正風等人微一思索後，也猜出了白銀的話背後所想表達的意思，不禁爲下毒者的歹毒而動容。

「這不是廢話嗎？在食水下毒的話，當然是懷著毒殺所有人的想法吧？」姚紫雅冷冷地嘲諷。

看到姚紫雅益發顯得不耐，姚詩雅安撫地解釋道：「姊，白公子的意思是姚家人口眾多，眾人喝水的時間不盡相同。若對方所下的是見血封喉的劇毒，那麼只要出現第一批遇害者，大家自然會對飲食多加小心，其他人便能逃過一劫了。」

見姚紫雅聞言後臉色發白，神子知道女子已明白當中的厲害，也就識趣地不再言語。

偏偏身旁的葉天維卻早就看姚紫雅不順眼，惡意地把戀人的話接了下去，威嚇的意味十足，他道：「若對方所下的是慢性毒，那麼姚家只會有一個下場——雞犬不留！」

聽到這裡，姚紫雅的視線緩緩移至兩條活蹦亂跳的鯉魚上。只覺手心變得冰涼，強烈的恐懼充斥心頭。

良久，高傲的姚紫雅總算被說服了，道：「那就……看看情況再說吧！」

姚府數百口人所代表的除了是商家的富裕與強盛外，更代表著每天所需食物與飲水的消耗量很驚人。

府第旁邊就是數口井、一大片屬於姚家的耕地、農場，以及果園，每天府內眾人所吃的食物都是由那兒新鮮供應的。基本上，所有大戶人家都是採用這種自給自足的方式，反正他們從不缺人手及土地。

此刻姚紫雅下令不能使用這些食材與水源，即使是經驗豐富的老總管陳永年，一時也鬧了個手忙腳亂。

數百人的伙食確實不容易解決，然而銀兩一出，總會有人爭著處理這個棘手的問題。姚家素來財大氣粗，不少食店酒家寧可暫時停業，也爭著要接姚府這個大客戶。

因爲發生了這些事情，神子一行人並沒有立即起程，而是在姚家暫住下來。

隨著時間的流逝，姚府的氣氛變得愈來愈凝重。雖然一眾下人嘴巴不說，以免落下煽動的罪名，可其實卻也心裡有數。

就這樣風平浪靜地過了兩天，到了第三天，果然發生了大事，而且是轟動整個城鎮的大事！

不單是那兩尾用井水養著的鯉魚，姚府大至牛羊、小至雞鴨，竟在同一天盡數暴斃。若不是府中數百口人沒事，鎮內的居民幾乎以為姚家爆發疫病了！

萬一姚紫雅無視信中的警告，只怕還眞的應驗了葉天維的話。

雞犬不留！

滿臉恐懼與憤怒的姚紫雅一聲令下，所有動物的屍體，以及整片耕地與果園都以大火焚燬。井水則在姚詩雅日益進步的神力下，淨化成潔淨的食水，至少解決了水源問題。

「覺不覺得，姚府的遭遇與衛家很相像？那些牛羊的屍體我看過了，肌肉的狀況很異常。我敢打賭不理會的話，那些屍體也會如衛家的一樣，不會腐化。」宋仁

書懶洋洋地晒著太陽，邊與眾人討論著下毒一事。

左煒天回答道：「豈止相像，簡直就是一模一樣。差別只在於衛家人在毒發以前便遭人滅門，而姚家則是在中毒以前獲得匿名警告。」

祐正風喝了口清茶，凝視著杯裡清澈見底的茶水，思索旅程至今的種種疑點，道：「我記得那名在壽宴上總是有意無意針對著白家莊的公子，自稱是姓王的，對吧？」

在旁一臉無聊拋著銅錢的白銀，動作忽然停頓下來，隨即微微皺起了眉。

左煒天表情怪異地說道：「等等！呃……你這麼一說我才想起……姚紫雅的夫家……好像也是姓王的，對吧？」

宋仁書的表情同樣怪異：「雖然王是很普遍的姓氏，這說不準。可是事情涉及用毒，世事眞的有那麼巧合嗎？」

白銀拋動銅錢的動作一頓，把手收了回來。少年的動作不算快，卻是誰也看不清楚本來在半空拋動著的銅錢是什麼時候不見了的。

只見白銀若有所思地說道：「常言道，蠱毒蠱毒，蠱與毒從來是分不開的。」

葉天維卻彷彿覺得眾人的表情不夠精彩似地，一向總愛冷眼旁觀的他難得冷笑著加入了討論，道：「姚紫雅與那個王公子成親不久，姚老夫人便急病過世，就連遺體也被姚紫雅下令立即火化。誰知道死因到底眞的是病，還是毒呢？」

話題說及姚老夫人，所有人皆不約而同地把視線投往神子身上。

被眾人注視著的姚詩雅低垂眼簾，迷茫的眼神漸漸變得堅定：「有關這些疑問，我會與姊姊好好談一談的。」

□

若說現在的姚詩雅與以前最大的不同之處，便是當年的姚家二小姐並不得寵，很多事情她只能默默旁觀，即使有心阻止卻無能爲力。

姚紫雅一直把這名妹妹視爲弱者，卻從不知道姚詩雅雖然溫柔婉約，卻有著與脆弱外表不相符的堅強。一如當年她爲了死守與家道中落的葉天維的婚約，寧死不願嫁給母親安排的對象，以及無論遇上任何挫折也從不放棄尋找三妹姚樂雅般，可見這名外表溫順的女子，骨子裡到底有多堅韌倔強。

姚詩雅說到做到，當天解決了井水的問題後，便一副要詳談的架勢，單刀直入地向姚紫雅詢問：「姊，我那未曾謀面的姊夫，是那位曾於白家莊與大家有過一面之緣的王公子嗎？」

這還是姚詩雅第一次以質問的語氣與姚紫雅說話，她驚疑地看著少女堅毅的臉好一會兒後，嫣然一笑，道：「我本以爲詩雅妳在面對我的時候，永遠只會是那副我見猶憐的委屈模樣。怎麼了，成了花月國的神子以後，便覺得自己與眾不同了嗎？神子大人果然好氣派，我這個做姊姊的是否得要來給妳下跪？」

姚紫雅前半段的話還算平和，然而說到後來，卻已無法繼續隱藏嫉妒的情緒。

一直以來，姚紫雅都是人群中最引人注目的存在。卓越的家境加上美艷的容貌，讓她獲得萬千寵愛。唯一美中不足的，是妹妹與她同樣出落得美麗動人，總是分薄了不少她應得的讚美。

然而那時候的她雖然感到不悅，但只要想到以姚詩雅這種吃力不討好的善良個性，一輩子也別妄想能獲得母親的喜愛。因此對於姚紫雅來說，尚能勉強接受這個妹妹的存在。

她本以爲，姚詩雅終有一天要嫁人的。而且以姚老夫人的手段，只能像一個工具般淒慘地嫁給對姚家有利的商家。而自己身爲長女，能繼承姚家，姚詩雅永遠也別妄想能爬到她的頭上。

可是她錯了，而且錯得離譜！

忽然有一天，這隻只能在她陰影下低飛盤旋的小鳥，竟變成了光芒萬丈的鳳凰，一飛沖天！

第十章　凶手畫像

嫉妒的種子在女子心裡茁壯成長，最後化為莫名的恨意，
開出了名為憎恨的花朵。

從小，姚紫雅便把同胞妹妹視爲假想敵。見不得她爬得比自己高，也見不得她過得比自己好。

即使姚詩雅的離開讓她能輕易獨得姚家的一切又如何？區區一個姚家家主，又怎能與花月國的神子相比？

爲什麼兩人同樣生在預言中的東方珠寶世家，被選中的人卻不是自己!?

自姚詩雅成爲神子的那天起，嫉妒的種子便在女子心裡茁壯成長，最後嫉妒化爲莫名的恨意，開出了名爲憎恨的花朵。

尤其在旅途中，眾人對待兩人態度上的差距，更加重了她的妒恨，以致姚紫雅的想法日益偏激。

姚紫雅本就不是一個會檢討自身的人，她把所有的不如意全都歸咎在自家妹妹身上。

在白家莊時，那名王公子主動向她坦承自己爲佟氏後人，並向姚紫雅釋出善意，提出只要她利用姚家的財力助他掌握武林、對付神子，事成後他便許姚家一個崇高的地位。

雖然姚紫雅知道與佟氏一族合作無疑是與虎謀皮，可最終她還是抵抗不了這誘惑，決心緊抓著這個天賜良機。

在她看來，姚詩雅根本就是頭養不熟的白眼狼。她現在貴為花月國的神子，卻沒有為姚家爭取任何好處，反而死抓著姚二夫人與姚樂雅的事情不放。看她那副死心眼的模樣，萬一真的被她查出當年的真相，到時候說不定會擺出一副正義凜然的樣子來大義滅親！

想到這裡，姚紫雅便覺得自己所做的一切都只是先下手為強，人嘛，總要為自己打算，因此她一點兒也沒有錯！

更遑論王公子俊美無比、風度翩翩且溫柔體貼，短短數天的相處已讓姚紫雅芳心暗許，對他言聽計從。

後來一次酒後失身於他，王公子更是立即實踐承諾迎娶她，令姚紫雅深信男子對自己是真心的。

然而深陷情網的姚紫雅看不出這一切只是王公子掌握姚家的手段，不代表姚老夫人看不出來。

本來老夫人看這名王公子一表人才，而且聘禮豐厚，再加上早已不是黃花閨女的女兒無法再「賣」出好價錢，也就一口答允二人的親事。

可是很快地，她察覺到了這名王公子的可怕之處。自王公子與姚紫雅成親後，姚家的產業便以驚人的速度被一股神祕勢力吞併。即便是縱橫商場多年的老夫人，也無法制止對方。

然而以老夫人的精明，很快就查出了之所以會一敗塗地的原因了。

對方總能預先一步掌握他們的行動，以致姚家老是處於被動的狀態。一發現這點，老夫人立即把知曉她所有部署的姚紫雅定為懷疑的目標。

結果眞如姚老夫人所料，幕後眞凶正是自己的寶貝女兒姚紫雅，以及她的新婚夫婿王公子。姚老夫人更在調查中，無意發現二人竟打算進一步把毒手伸向遠方的姚詩雅！

姚老夫人雖然不喜歡姚詩雅這個小女兒，但她終究是自己親生的，何況姚詩雅貴爲神子，對她出手隨時會讓姚家置於萬劫不復之地。

曾經親密無間的母女變得疏離起來，直至有一天，不少下人都聽到姚老夫人房間中傳出大小姐與母親爭吵的聲音。

直接質問姚紫雅，是姚老夫人一生中走得最錯的一步。

佟氏一族那能夠迷惑人心的邪門法術——「魔瞳」，誘發出了姚紫雅本身的凶性。本就憎恨、嫉妒神子的姚紫雅，在看到一向與自己親近的母親竟然「背叛」她、站在妹妹那邊時，便暗暗心生恨意。

而隨後王公子的一再挑撥，加上老夫人對她不斷打壓，終讓姚紫雅採納了王公子的建議，任由他們下手毒殺姚老夫人，輕而易舉地將姚家納入掌心之中。

然後，王公子與其妹王晴王姑娘藉口離開姚家後便沒有回來，接著更爆發出姚府的食水皆被下毒一事後，姚紫雅這才可悲地醒悟到，原來一直以來自己只是一枚被人操控著的小小棋子。

食水下毒事件後，姚紫雅立即下令徹查家族的財務狀況，果然，整個姚家的家業早已被人掏空。從那刻起，姚紫雅很清楚明白她的夫君這次離家後，不會再回來了。

姚紫雅沒有任何隱瞞，在神子的詢問下，她雖然言語間總是充滿著各種冷嘲熱諷，可還是詳盡地坦白交代這段時間發生的事情。

之所以會這樣做，並不是因爲姚紫雅突然良心發現，主要是她很清楚那個英俊卻無情的男人既然決定向自己下手，一計不成必有後著，絕不會顧忌與她的夫妻之情而輕饒自己性命。

既然如此，她決定賭一把。就賭姚詩雅無法眼睜睜看著姚家沒落，也賭少女不忍心對付她這個在世上唯一的親人。

在敘述的時候，姚紫雅刻意把事情的起因都推在姚詩雅身上，一心想要引起她的愧疚感。雖然姚紫雅與妹妹不親，可是畢竟從小一起長大，對於對方的弱點可是清楚得很。

因爲姚詩雅成爲神子，才讓姚紫雅心生嫉妒；也因爲眾人在旅途上對她的冷淡對待，以及姚老夫人對小女兒的偏袒，而令姚紫雅一錯再錯。總而言之，一切的錯誤都源於姚詩雅，姚紫雅多次重申這一點。

對姚紫雅來說，姚詩雅的性格說好聽點是善良溫柔，說難聽點便是心軟可欺，只要能讓她產生愧疚感，就能利用這點來操控她。

然而姚詩雅是心慈手軟沒錯，但在祐正風等人不厭其煩地一再教育下，眼界早已開闊不少。相較於以前身爲千金小姐的時候，現在的姚詩雅更著重於大局，也更懂得保護自己。

何況少女確實很看重親情沒錯。不過正因爲這種特質，姚紫雅任由夫君殘害母親這件事，卻正正觸犯了姚詩雅的逆鱗。雖然不至於會取她性命，但必定不會讓姚紫雅太好過。

「我明白了，姊，現在姚家已經不安全了。爲了妳自身的安全著想，請遣散府裡的下人，變賣姚家所有資產後，隨同我一起到王城吧！」

姚紫雅頓時雙目一亮，道：「妳讓我住進碧華殿？」

「不，我會在王城找一處地方安置姊姊。若妳不習慣別人服侍，可以留下翠竹，但只能帶走她一人。」

姚詩雅輕飄飄的一句話，立即引來姚紫雅憤怒的尖叫：「姚詩雅！妳這樣說是什麼意思!?」

女子激烈的反應，更顯得姚詩雅面對這情況是如何遊刃有餘。「我只是爲了姊姊妳的安全著想而已。我想妳之所以如實相告始末，甚至連母親的死因也和盤托出，必定已料到王公子絕不會輕易罷休，故想藉此戴罪立功，尋求朝廷的庇護。妳我爲血濃於水的姊妹，即使姊姊妳千錯萬錯，我也不會對妳置之不理。然而王公子在明，我們在暗，爲了妳的安全，我只好委屈姊姊妳隱居起來了。」

「即、即使如此，那也不用變賣資產，還把下人都遣散吧？」對於愛慕虛榮、過慣大小姐生活的姚紫雅來說，隱居絕對是比死更讓她難受的事情。

神子淡淡說道：「姚家的勢力已被人掏空，想要繼續經營下去實在太勉強。何況王公子心狠手辣，就連姊姊妳這個枕邊人他也狠得下心加害，又怎會放過府中的下人？只怕我們離開以後，他仍會再度向姚家下毒手，姊姊妳能獲得朝廷保護，但留下來的人怎麼辦？因此姚家……還是散了吧！」

「妳……妳……」姚紫雅又氣又急，卻又無法反駁。雖然她根本就不在乎那些下人的死活，可現在是自己有求於人，萬一惹得姚詩雅生氣，讓少女眞的鐵了心不理自己，姚紫雅絕對必死無疑！

一直侍候在旁的翠竹，表情同樣變得難看無比。雖然翠竹的身分是姚紫雅的侍女，可是她根本就是個被人侍奉慣了的驕僕，在姚家過著猶如小姐般的生活。她的工作只是單純地陪伴姚紫雅，府中的粗活全都由其他下人包辦。

現在姚詩雅這麼說，註定了她的好日子已到盡頭。她可不認爲少女會像主子一樣，對待她這個丫鬟如此縱容。

此時翠竹不禁心生悔意。早知道她有天要仰賴姚詩雅鼻息度日，以前便不該把事情做絕。至少對這二小姐保持著應有的敬畏的話，也許今天對方還會願意多關照她一點。

包括葉天維在內，所有男子皆聽得又是驚訝、又是佩服。誰也想不到姚詩雅竟如此果斷立決，三言兩語間便狠心把姚家散掉，更將姚紫雅這個千年禍害軟禁在自己的視線之下！

果然會咬人的狗是不叫的。平常溫和的人，生氣起來的話眞的好恐怖耶！

□

就在難得強硬起來的姚詩雅宣布要把姚家散掉的同時，已回家一趟的琉璃，正恭敬地向養育她長大的師父請辭。

「妳這小丫頭眞不孝，來到這兒也不過數天而已，便已經急著要離開了嗎？」

聽到師父那略帶責怪的語調，琉璃向來輕鬆愉快的笑容浮現些許苦澀：「哎，師父你別生氣。我……我在姚家遇到『她』了。」

「哦？那妳打算如何處理？」本透露出些許不快的嗓音頓時變得充滿興味，琉璃不禁暗暗感慨一下自家師父的惡劣性格。

沉默良久，琉璃這才下定決心地回答：「我會到威震鏢局一趟。」

威震鏢局，正是當年與衛秋明一起作爲姚家護衛、負責保護姚二夫人的陳謹的產業。

這男人與衛秋明一樣，在指證姚二夫人後便請辭離開了姚家，並且一夜致富。

「也好，妳確實有這個資格，也有這個權利決定那些人的命運。可是琉璃……仇恨並不能帶來什麼，我之所以把妳救回來，只是想要妳好好地活下去。」

聞言，琉璃露出一個明朗的笑容，瞬間取代臉上黯然的神色，讓秀麗的小臉彷彿因這個笑容而明亮起來。「我明白。師父，我只是想讓一切事情有個了結。就像她拚命地把眞相掩蓋起來，卻只是爲了守護那個所愛的人般，我也只是想要保護大家而已。」

說罷，琉璃向師父行了一禮，轉身便溶入了黑夜之中。

數天以後，威震鏢局上下、連同所有外出的鏢師一共數百人，竟同時中毒身亡，不留一名活口！

也許是天網恢恢，疏而不漏，數名經常在威震鏢局門外玩耍的孩子，在案發以後聲稱他們曾目擊一名姑娘於鏢局門外阻攔正要出門的陳謹。當時二人神情激動，言談間多次提及「姚家」、「復仇」等字眼。

其中最湊巧的，便是這群孩子並不是沒有學識的農家小孩，他們俱是附近學堂的學生。這些孩子皆擅於繪畫，竟讓他們把那名少女的模樣描繪了出來！

一時間，這名少女的畫像迅速流傳於這座城鎮之中。所有看過畫像的人，皆驚訝於這名被通緝的疑凶，竟然是個長相甜美、完全令人無法與凶案聯想在一起的小姑娘。

這則消息，以及在小鎮中流傳著的畫像，很快便從武林與朝廷所控制的眾多管道。傳遞至神子一行人的手上。

「不可能，必定有什麼地方弄錯了。琉璃姑娘怎會做出如此殘忍的事情？」姚詩雅神情複雜地看著手中的畫像，其中所描繪的疑凶，正是眾人熟悉無比的小姑娘，琉璃！

姚詩雅的話說罷，本以爲會獲得眾人的附和，然而換來的卻是一陣令人難受的沉默，以及眾人若有所思的神情。

「難道就連白公子也不相信琉璃姑娘嗎？」看到就連白銀也同樣沉默不語，姚詩雅不禁痛心地質問。

白銀並沒有回答姚詩雅的問題，只是自顧自地低頭沉思，右手再度無意識地拋著數枚銅錢。這個白銀慣常的招牌小動作，此刻看在焦慮無比的神子眼裡，卻有種想要衝上前喝止對方的衝動。

雙手按在戀人肩上，葉天維皺起眉頭，道：「詩雅，妳怎麼了？這不像妳。」

雖然早就知道姚詩雅很重視琉璃，但葉天維卻想不到琉璃的事情，竟能夠影響姚詩雅的情緒至這種程度。

宋仁書等人見狀，也不禁不安了起來。光是一幅內情不明的畫像已讓姚詩雅如此失控焦躁，若琉璃眞是敵人的話，那麼姚詩雅到底會有多失望難受呢？

眾人忍不住自責，他們實在不該讓一個身分不明的人陪伴在神子身邊太久。

回想起來，琉璃眞正融入他們一行人，就是在白家壽宴以後吧。因爲琉璃是白家莊的熟人，加上又是神子戀人葉天維的師姊，兩層關係加上去，便讓眾人產生少女理所當然是同伴的錯覺。

但其實，即使是白銀與葉天維，也從不曾了解過她。

從不曾。

良久，神子抬起低垂的頭，清澈如泉水的眸子閃過一陣決然，道：「既然佟氏

一族已經出手，對於敵人的挑戰我們接下便是了。」

姚詩雅性子溫柔隨和，總是一副很好說話的樣子，可其實一旦決定了什麼，往往難以讓她再更改主意。

「神子，請三思！」忠心的臣子三人組立即被姚詩雅嚇出了一身冷汗，慌忙連聲勸阻。

只有一半神力的姚詩雅，對上蠱獸不啻與送羊入虎口無異，他們怎能看著神子涉險？

「這幾日我已經好好想過了，到底身爲花月國的神子，我的責任與天命是什麼？」面對三人反對的聲音，姚詩雅再度展現令人驚訝的堅決與倔強。少女的語氣雖然依舊柔和，可說出的話卻讓人無法忽視內裡咄咄逼人的意味。「身爲神子，不就是要以天神所賜的神力來保護花月國，保護生活在這片大地上的所有人民嗎？」

狠下心無視三人狼狽的神情，姚詩雅決意要趁著這個機會，把心裡的想法全部說出來：「也許藏身在碧華殿能確保我的安全，可是在我什麼也不做的期間，佟氏一族卻在外界持續他們的侵略與殺戮。那不是有違天神把珍貴的神力寄託予我的初衷嗎？」

「我……已經不想再逃避了。」

接收到兩名將軍的求救視線，宋仁書硬著頭皮上前，想要說服少女。「有關佟氏一族的問題，我們身為臣下的自會想辦法解決。神子貴為花月國之首，又怎能以身涉險呢？」

姚詩雅嘆了口氣，輕聲詢問：「宋丞相，請你老實回答我，若此刻站在你面前的是前任神子紫霞仙子，你仍舊會用這些理由來阻止她嗎？」

素來伶牙俐齒的宋仁書，首次被神子的話堵得啞口無言。

若現在吵嚷著要向佟氏找碴的人，是那名無論是神力還是性格都只能以「強悍」來形容的紫霞仙子，他們必定不會、也不敢阻止對方。

然而強悍如紫霞仙子，卻在眾多大臣面前，於有重兵駐守的碧華殿中被鬼王擄去。這對他們、對整個花月國來說，都是一個重大的打擊。

因此，自從找到姚詩雅這名新任神子以後，三人一直小心翼翼地保護她的安全，只因他們承受不起再次失去神子了；再加上姚詩雅的性格溫和柔順，神力又弱，三人的保護心變得更大。

其實仔細一想，這種本末倒置的舉動只是出於他們的一片私心。

他們總有一種錯覺，只要保護好眼前的神子，便等於把花月國牢牢地保護在掌心之中。可套用葉天維先前的評價，這實在是過於消極的做法。

就在宋仁書無言以對之際，左煒天詢問：「神子這次似乎是鐵了心要蹚這趟渾水了？」

姚詩雅垂下眼簾，無奈地答道：「只怕我早已是局中人了。」

隨即少女一咬牙，心想反正已把話說開了，也不在乎再補上一句：「若你們仍是執意挽留，我將會使用神子的權力，命令各位放行！」

與姚詩雅心靈相通的狻猊，在神子說出狠話後，便咧起嘴巴低吼了幾聲替少女助威。可惜這動作以小白獅的型態做出來實在是毫無威嚇力，只會讓人感到很可愛而已。

三人再度交換了訝異的視線。姚詩雅從未以神子的身分威脅命令他們，由此可見她的決心有多堅定。

只短短半年時間，當初那名柔弱且依賴眾人的少女，已愈發有身爲領導者應有的架勢了，三人皆從對方的眼中看到了欣慰與感慨。或許，也是時候該讓一直小心翼翼保護著的雛鳥展開羽翼，給予她翱翔天際的自由了吧？

即使將來的道路會遇上很多危險，可是鳥兒是不能永遠收起翅膀，躲藏於樹蔭下生活的，不是嗎？

從小一起長大的默契，讓他們單憑眼神便已達成了共識。以祐正風爲首，三人恭敬地朝姚詩雅行了一禮，道：「謹遵神子意旨。」

也是由此刻起，這三名朝廷中年輕一輩的頭領，才算是眞心眞意地把姚詩雅視爲主子看待敬畏，而不再只是將她視爲擁有神力的脆弱容器。

白銀笑嘻嘻地上前道賀：「恭喜姚姑娘。」

姚詩雅重新把視線投放至少年身上，不屈不撓地追問：「白公子仍未回答我先前的問題，你相信琉璃姑娘嗎？」

「沒有所謂的信或不信，因爲我未曾懷疑。」白銀的語氣雖仍是一貫地吊兒郎當，然而誰都聽得出少年話裡的堅定與眞摯。「即使小琉璃眞的是姚樂雅，即使她對姚家恨之入骨，可是我所認識的她，絕不是個會因爲報仇而禍及無辜的人。」

姚詩雅聞言愣了愣，於眾人面前向白家少主低頭道歉道：「對不起，先前是我誤會白公子你了。」

白銀收起了嬉皮笑臉的神情，很認眞地回以一禮，道：「不，該道歉的人是在下。因爲我是故意激怒姚姑娘，想要試探妳對小琉璃的想法的。現在……我也可以放心了。」

清麗的臉龐上泛起一抹柔和的微笑，姚詩雅輕聲示意自己並不在意。

「既然大家都有了決定，那麼我們現在該往哪裡去？有誰知道琉璃姑娘家住哪兒嗎？」

左煒天的話一出，眾人皆不約而同地看向葉天維——與琉璃師承一脈的青年。對葉天維來說，無論是大名鼎鼎的白家莊少主、左右將軍或是宋丞相，他都可以不放在眼裡，偏偏眼巴巴看著他的人之中，還有一個姚詩雅讓他無法忽視。戀人的眼神帶著楚楚可憐的懇求，即使是意志力堅硬如鐵的葉天維，也差點兒把持不住，幾乎要把師叔的住處洩露出來。

葉天維定了定神，把頭別開，卻再也不敢看向戀人那充滿期盼的神情了，他道：「抱歉，詩雅，有關師姊的事情我也所知不多，而且很多事情也沒辦法告訴你們。」

宋仁書提議道：「既然如此，琉璃姑娘的事情我們便先放在一旁，繼續主力尋找十年前的相關人士如何？若我沒記錯的話，當年除了護衛以外，還有一名客棧的老闆特意前往姚家作證。既然姚老夫人以及兩名護衛皆相繼遇害，凶手應該也不會放過當年那名老闆才對。」

白銀頷首附和道：「這主意不錯。要找人的話，可以動用白家莊散布在江湖的情報網，比較不容易被敵人查探到我們的行動。」

說到這裡，左將軍的戰意早已熊熊燃燒，「既然要幹，就乾脆趁這次機會揪出佟氏一族的狐狸尾巴吧！」

聽著同伴的討論，姚詩雅抬頭仰望天空，眼神彷如散去烏雲的藍天般清澈明亮。只見少女堅定無比地說道：「無論最後的結果如何，這一次，我一定要弄清楚所有事情的眞相！」

《琉璃仙子卷二．佟氏一族》完

後記

大家好～謝謝各位購買《琉璃仙子02》！

東方背景的小說，對我與繪師天藍來說是個新嘗試。然而封面出來的效果眞不錯，我很喜歡古風的衣服呢！尤其是女孩子古裝的衣裙與髮型，眞的非常可愛，而且款式能夠有很多不同的變化。

這一集除了兩頭獵鷹以外，一些妖物與神獸也相繼登場。九尾銀狐、狻猊、火鴉，各有各的性情與特點，爲神子一行人的旅程增添了不少新奇刺激的經歷。

小琉璃雖是本書的主角，但在團隊中，作爲最重要的中心位置的人卻不是她，而是擁有著一半神力的新任神子姚詩雅。

詩雅有著不遜於琉璃的戲分。這孩子從一個養在深閨、什麼都懵懵懂懂的千金小姐，一步步成長至能夠獨當一面的神子。看著她的蛻變，每次我都有種「吾家有女初長成」的感覺。

琉璃與詩雅這兩個姑娘性情一動一靜，卻意外地合拍。每次寫到她們的互動便覺得很好玩。

說到互動，這次的團體裡有兩對情侶，白銀與琉璃二人都是笑嘻嘻、大而化之的開朗性格；至於姚詩雅與葉天維，則是溫柔與冰冷的組合。

希望這兩組情侶的互動，在給予大家截然不同的感覺之餘，也能夠為故事增添多些趣味。另外，宋仁書與左煒天這對老是在抬槓的活寶，在第二集也有不少對手戲喔！

□

天氣愈來愈熱了。最近約朋友外出，大家都是有意識地選擇相約唱K、逛商場與藝術館等有空調的場所。

也許因爲下雨吧，除了氣溫炎熱以外，還讓人覺得很悶熱、有種喘不過氣的感覺。因此直至秋天爲止，燒烤、遠足等戶外活動我都會盡量避免的了。

所以，留在家裡乖乖寫文的日子相對會變得多了嗎XD

在這炎熱的天氣裡，再次迎來公司半年一次的盤點。沒有空調的倉庫眞的是好熱啊！

爲免中暑，這次盤點時我還特意準備了退燒貼用來貼背脊降溫，但貌似沒什麼用處……

除了忙著半年一次的盤點外，7月份又到了古箏考試的月份。不知爲什麼，這次考試超沒幹勁的……不過既然報名了，還是希望能夠合格，大家請祝福我吧！

另外本年度的香港書展，我也有一場簽書會喔！雖然已經不是第一次出席相關活動，但每次都總是很緊張耶！

不過仍是很期待與香港的讀者們見面，每次大家的支持都讓我感動。

也是時候該想想，當天該穿什麼衣服了XD

那麼，期待與各位在第三集見面囉！

香草

【下集預告】

琉璃仙子

神子一行人來到了西方，
為了尋找當年事件中的證人之一——客棧老闆。
然而，佟氏一族的勢力此時漸漸浮上檯面，危機重重……

行蹤飄忽的琉璃，回到了眾人身邊。
她的目的為何？又會將一行人帶往何處？

卷三〈靈族令牌〉．2014年秋季，敬請期待～～

國家圖書館出版品預行編目資料

琉璃仙子／香草 著.——初版. ——台北市：
魔豆文化出版：蓋亞文化發行，2014.08
冊；公分.
ISBN 978-986-5987-51-0（卷2：平裝）

850.3857 103010780

作者／香草
插畫／天藍　　封面設計／克里斯
出版社／魔豆文化有限公司
地址◎ 台北市103赤峰街41巷7號1樓
電話◎（02）25585438　傳真◎（02）25585439
網址◎ www.gaeabooks.com.tw
部落格◎ gaeabooks.pixnet.net/blog
電子信箱◎ gaea@gaeabooks.com.tw
投稿信箱◎ editor@gaeabooks.com.tw
郵撥帳號◎ 19769541　戶名：蓋亞文化有限公司
發行／蓋亞文化有限公司
法律顧問／義正國際法律事務所
總經銷／聯合發行股份有限公司
地址◎ 新北市新店區寶橋路二三五巷六弄六號二樓
電話◎（02）29178022　傳真◎（02）29156275
港澳地區／一代匯集
地址◎ 九龍旺角塘尾道64號龍駒企業大廈10樓B&D室
電話◎（852）2783-8102　傳真◎（852）2396-0050
初版一刷／2014年08月
定價／新台幣 180 元
Printed in Taiwan

ISBN／978-986-5987-51-0
著作權所有・翻印必究
■ 本書如有裝訂錯誤或破損缺頁請寄回更換 ■

魔豆